APRÈS NOS RÊVES, ENFIN LE JOUR

MAGALI DISCOURS

APRÈS NOS RÊVES, ENFIN LE JOUR

roman

l'Archipel

Collection « Instants suspendus »
dirigée par Virginie Fuertes

Retrouvez Magali Discours sur :
www.instagram.com/magaliouchka
magalidiscours.auteur@gmail.com

Retrouvez la collection sur Instagram :
@instants_suspendus_larchipel

Notre catalogue est consultable à l'adresse suivante :
www.editionsarchipel.com

Éditions de l'Archipel
92, avenue de France
75013 Paris

ISBN 978-2-8098-4677-5

Cette histoire est une fiction. Toute ressemblance avec l'aimable David Foenkinos ne serait que pur fantasme.

« Aux baisers qu'on n'osa pas prendre,
Aux cœurs qui doivent vous attendre,
Aux yeux qu'on n'a jamais revus… »

Poème d'Antoine Pol, « Les Passantes »
mis en musique et chanté par Georges Brassens

PREMIÈRE PARTIE

I

Black-out

— Ça va aller, monsieur Piquard ! Ça va aller !

Pourtant, les apparences jouaient contre cette optimiste prédiction.

Avant d'y voir clair, il avait fallu que ses pupilles se rétractent sous le flash douloureux de la lampe torche que l'oracle en blouse blanche brandissait devant son regard à peine émergé des ténèbres. Un monde étrange et feutré s'activait dans une lumière froide. Il se sentait happé par une envie irrésistible de replonger. Il s'était d'ailleurs laissé aller une ou deux fois à la confortable mollesse du vide d'où il était si pénible de s'extirper.

Même si les paroles qui parvenaient à ses oreilles s'étouffaient un peu dans l'épaisseur de sa léthargie, il les entendait. Elles s'acharnaient à le harponner et réussirent à le hisser sur la rive, de ce côté-ci, vers la vie. Il discerna enfin les visages, penchés sur lui, de toute l'équipe de pêcheurs qui le tenaient au bout de leur ligne, l'hameçon profondément planté dans une veine du bras, la canne posée à la verticale contre le métal froid d'un lit.

Un poisson hors de l'eau ! Voici la première impression qu'il saisit de lui-même dès qu'il eut crevé la surface du coma au fond duquel il avait coulé depuis huit jours.

Avant même de reprendre possession de son être, il fut ausculté sous toutes les coutures. On le palpait, le retournait, le massait, le lavait. Il craignit un instant qu'une de ces mains gantées de latex ne vienne l'écailler et le vider de ses entrailles. Mais, c'est en observant ses mains, ses pieds qui dépassaient du drap rêche que lui revint la conscience de son humanité. Puisqu'il n'était ni carpe ni brochet, il se mit à parler. Mais très vite, il comprit qu'il n'avait pas grand-chose à dire, et répondre aux questions qu'on lui posait se révéla un exercice si difficile qu'il préféra y renoncer. Il écouta avec beaucoup d'intérêt le récit de ses mésaventures : la perte de connaissance, le dégât vasculaire dans l'hippocampe, le coma... Ce flot d'informations submergeait un peu sa conscience liquide comme une huître.

Aux premières heures, il se contenta de surnager, sans force, au milieu des animaux marins qui peuplaient son cerveau et auxquels il ne comprenait rien.

Il respirait. Son rythme cardiaque s'affichait en vaguelettes entêtées sur le moniteur qui diffusait des bips réguliers. Il était vivant. Il était entier.

Il ne fallut que quelques jours pour évaluer ce qu'il avait laissé dans son voyage de l'autre côté : pas sa vue, pas son ouïe, pas sa raison, ni aucun de ses organes. Pourtant, il lui manquait bien quelque chose. C'est le médecin chef qui avait annoncé :

— Le problème, c'est la mémoire !

Maximilien ne se souvenait pas d'elle. Sa mémoire ? Il imagina que c'était une sorte de besace remplie de son histoire qu'il avait oubliée entre deux rochers pendant son immersion dans les eaux noires du coma.

— Ça va s'arranger, monsieur Piquard, ne vous en faites pas ! Vous êtes tiré d'affaire.

Dans le miroir, Maximilien observa longuement son visage avec des yeux tout ronds d'étonnement, sous le néon hésitant du petit cabinet de toilette vert de sa chambre d'hôpital. Un visage livide couronné de boucles noires enchevêtrées. Cette pâleur avait au moins le mérite de lui paraître cohérente ! Après son coma, il ne pouvait raisonnablement pas s'attendre aux pommettes écarlates d'un berger des alpages...

« Maximilien Piquard » était inscrit sur tous les documents qui le concernaient. Il s'était accroché à ce nom comme à un radeau – il n'est pas question de faire la fine bouche devant l'embarcation de fortune qui se présente quand tout vous abandonne. Évidemment, si ça n'avait tenu qu'à lui, il en aurait sûrement choisi un autre : Legrand, Lebeau, même Leborgne ! Bref un nom qui évoque quelque chose et qui pose son homme, qui annonce à qui l'on a affaire ! Si au moins Piquard s'était écrit avec un *c*, il aurait pu se targuer d'appartenir à une terre, une région, un petit coin de France, avec des champs, des forêts, des clochers... Son nom aurait expliqué d'où il venait.

— Vous êtes picard ? De Picardie ?

Picard avec un *c* sonnait à ses oreilles comme les talons d'une femme sur les pavés de Senlis. Tiens, il connaissait Senlis ? La Picardie ? Chaque jour, il s'étonnait de ce qu'il savait, sans savoir ni comment ni quand il l'avait appris.

Mais non, son Piquard à lui venait d'une obscure lignée, il avait emprunté une des seize variantes orthographiques et se positionnait au quatre-vingt-quatorzième rang des noms les plus répandus en France. Même en matière de banalité, il n'avait pas su se placer en premier ! Picart, Picar, Piccar, Piccard, Piqart, Piquar, Piquard, Piquart, Pycard, Pycart, Pyquar, Pyquard, Pyquart... Il était un Piquard dans une multitude, fraîchement éclos au monde, tel un Hibernatus après la fonte des glaces. Et il continuerait sûrement comme avant à répondre sans broncher à la sempiternelle question :

— Picard ? Comme les surgelés ?

— Non, Piquard avec un *q* !

Certains, fiers comme des empereurs, peuvent éprouver quelque gloire à s'appeler Hadrien avec un *H*, lui, il devait se contenter de Piquard avec un *q*.

Mais cette signature, inscrite en un geste souple et automatique sur une feuille blanche, n'appartenait qu'à lui.

Il s'appelait Maximilien Piquard, né un 5 octobre. Il savait lire et écrire, et dans son cœur tambourinaient des talons sur les pavés de Senlis. C'est avec ce maigre bagage qu'il s'élança à la conquête d'un monde touffu dans lequel il devait trouver sa place, incognito.

Il lui restait à découvrir, au fil du temps, sa personnalité et le rôle qui lui revenait dans la société des femmes et des hommes savants : ceux qui ont tout appris depuis l'enfance et ont tout retenu.

Maximilien se sentait neuf, certes un peu étourdi, mais plein d'allant, n'ayant aucun souvenir de ses échecs ni de ses regrets. Il partait vers sa nouvelle vie, la fleur au fusil et un comprimé d'aspirine à avaler chaque matin.

Après l'AVC, le coma, le miracle, le constat d'amnésie et la première signature sur le dossier de prise en charge par sa mutuelle, il était « revenu à lui » (comme on dit...). Revenir à soi, voilà la direction ! C'est ainsi que commença son chemin.

2

SILENCE RADIO

Une semaine de silence et d'incompréhension.

Diane était revenue chaque jour à la même heure devant la boîte à livres. C'est là qu'elle lui avait donné rendez-vous. C'est là qu'elle avait attendu un après-midi entier, en imaginant tous les motifs possibles de son retard, toutes les excuses qu'il lui servirait avec ce grand sourire et ce regard pétillant qui le rendaient si séduisant. Bien sûr qu'elle ne lui en voudrait pas. D'ailleurs, elle aussi était arrivée en retard. Comme elle s'en était voulu ! Puis cette attente était devenue insupportable, comme une urgence. Elle fredonnait : « Souffrir par toi n'est pas souffrir... », pour que la douleur soit moins vive et parce que seul Julien Clerc avait les mots justes pour apaiser ses mélancolies.

Pourtant, ce 3 octobre, devant la boîte à livres de Senlis, impasse du Courtillon, Julien Clerc n'avait pas suffi. L'angoisse avait enflé dans la poitrine de Diane. Elle était arrivée au rendez-vous vingt minutes trop tard. Ce pouvait-il qu'il ne l'ait pas attendue ? Qu'il soit déjà reparti ? Lui qui réclamait de la revoir depuis des semaines dans les petits mots déposés entre les pages des livres qu'ils échangeaient. Elle imaginait qu'il se cachait quelque part et qu'il l'observait se morfondre. C'était une juste revanche pour tout le temps qu'elle avait gâché à ne pas oser, à lui faire endurer ses doutes ou ses caprices. Pourtant, non ! Il n'était pas capable des mêmes cruautés que celles qu'elle lui avait infligées. Il était bon, sûrement un peu amoureux et farceur aussi, voilà tout ! Il serait là dans un instant, ce n'était l'affaire que de quelques minutes encore... Diane arpentait l'impasse en faisant claquer ses talons sur les pavés. Perchée en équilibre instable, elle observait le monde d'un peu plus haut en frappant les pierres polies par les siècles à la façon d'une horloge effrontée qui égrène les secondes de toute une éternité.

Elle était revenue chaque jour, l'espoir tapi au fond du ventre, et elle était repartie chaque fois, le désespoir en écharpe prêt à l'étrangler de sanglots. Elle avait croisé à plusieurs reprises Fifine, une vieille femme édentée qui traînait son caddie de misère sur les pavés de l'impasse. La vieille folle récitait des alexandrins comme à la Comédie-Française : « Les exemples vivants ont bien plus de pouvoirs : un prince dans un livre apprend mal son destin. » Ce qu'elle racontait ne voulait jamais rien dire...

Diane avait passé vingt-neuf ans de sa vie à attendre qu'il se passe quelque chose et n'avait récolté qu'une moisson d'absences et de silences. Pourtant, elle persistait à cultiver des rêves plus ou moins réalisables. Elle était programmée pour l'illusoire, jamais à court d'espoir. Mais les rêves ne peuplent jamais que les nuits. Et la réalité de ses jours brûlait ses yeux autant que son cœur. Max avait été un mirage auquel elle n'avait pas cru, un fantasme évanoui avant de s'incarner.

C'est elle qui avait voulu jouer pour faire durer le plaisir, et continuer d'imaginer que cet homme-là était le bon, celui que la Providence lui destinait. Elle avait trop tardé à entrer de plain-pied dans la vraie vie. Et voilà qu'elle recommençait à faire la seule chose que sa mère lui avait apprise : attendre.

Les premières années de sa vie, Diane avait attendu ce père inconnu dont maman promettait le retour.

— Tu verras, il reviendra nous chercher ! On ne va pas croupir chez tata Monique toute notre vie !

Alors, pour patienter en attendant papa, pour que le croupissement ne sente pas trop mauvais, sa mère lui donnait un de ces magazines qui racontent la vie des princes, des reines et des stars, laissant croire aux petites filles et aux femmes en mal d'amour qu'un monde idéal existe sur cette Terre, un monde de voitures de luxe rangées devant les grandes demeures où dorment enlacés de beaux couples heureux. La petite découpait dans les revues les jolies robes à paillettes et elle les collait en dessous de sa propre figure en noir et blanc, cheveux trop courts, et sourire trop large adressé au flash du Photomaton. Elle contemplait l'assemblage maladroit sur le papier Canson et mesurait ainsi l'improbable chemin qui lui restait à parcourir.

— Tu seras une princesse toi aussi, ne t'en fais pas ! Un peu de patience ! lui répétait sa maman.

La patience semblait être mère de toutes les gloires. Il ne restait qu'à attendre. Heureusement, tata Monique la délivrait de ses torpeurs princières en débarrassant la nappe cirée et en déposant un cake au citron, des beignets de carnaval, ou quelques crêpes au sucre.

— Allez, allez, il faut prendre des forces pour devenir quelqu'un ! Téléphone à ta copine Valérie, pour qu'elle vienne goûter avec nous, et après vous me réciterez votre géographie. J'aime bien, ça me fait voyager !

C'était toujours Monique qui brisait les silences et la ramenait à sa vie de petite fille, aux joies à vivre, aux leçons à apprendre, aux amies à aimer. C'est elle qui l'arrachait à ses mélancolies pour lui régaler les papilles et l'aider à remonter les fleuves, voir jaillir une source jusqu'au mont Gerbier-de-Jonc, survoler les neiges éternelles à 4 807 mètres, se jeter dans la Méditerranée en formant un delta. Monique ajustait ses lunettes et tenait toujours fermement le cahier pour écouter la litanie des tables de multiplication. Diane la soupçonnait de ne pas les connaître elle-même ! Pourtant, dans un commerce, c'est important de savoir compter et tata Monique avait tenu pendant des années une petite boutique de lingerie. C'est peut-être parce qu'elle ne connaissait pas ses tables que la boutique avait dû baisser le rideau et laisser la place aux Délices d'Izmir dont le chef turc, spécialiste des sandwichs grecs, n'était pas forcément doué pour la cuisine, mais sûrement plus calé que Monique en algèbre.

Puis un jour, Monique était arrivée toute pâle à l'école bien après l'heure des sorties, le jour de la plus longue attente, quand tous les autres enfants avaient regagné leur foyer depuis des heures, quand maman avait décidé de ne jamais revenir.

Et c'est encore chez sa grand-tante Monique, acharnée à la maintenir en vie, que Diane irait se réfugier pour pleurer ce nouvel abandon. Max.

Fallait-il oser encore un dernier espoir, après une semaine d'allers-retours infructueux jusqu'à la boîte à livres ?

Elle en voulait à son esprit tortueux qui ne la guidait jamais sur le droit chemin. C'est elle qui avait imposé le jeu : pas de nom de famille, pas d'adresse, pas de numéro de téléphone. Si Cupidon nous destine l'un à l'autre, il se débrouillera bien pour nous réunir d'une façon ou d'une autre ! Elle faisait partie de ces gens qui rêvent leur vie plutôt que de la vivre. Elle avait elle-même créé les conditions du fiasco. Ce soir, elle rentrerait à Dijon, comme un joueur de poker ruiné. Elle se sentait bien sotte et démunie.

Avant de quitter l'impasse au soir du septième jour, Diane rédigea un message pour Max dans un petit volume de poche de David Foenkinos : *En cas de bonheur*, qu'elle avait apporté au cas où, parce qu'il faut bien anticiper les chagrins. C'est avec cet auteur que tout avait commencé, alors, s'il fallait en finir, autant que la boucle soit bouclée. Elle envisageait toujours sa vie comme un roman ou comme un film, et elle s'appliquait à travailler les ressorts de sa propre histoire. Un jour peut-être tout rebondirait, alors, elle tissait de petites intrigues qui permettent de croire à une suite, un épisode 2. Le ressort de l'histoire avec Max ne pouvait avoir d'autre nom et d'autre visage que celui de cet auteur à succès qu'elle avait tant aimé et qui l'avait menée jusqu'à Max... Elle y déposa son dernier espoir qui prit la forme d'un court mot d'excuse signé de son prénom, de son nom et de ses coordonnées, ou pour être plus exacte les coordonnées de tata Monique, la seule géographie suffisamment fiable dans l'univers qu'elle habitait.

Diane déposa le livre dans la boîte cachée sous le lierre et referma la petite fenêtre vitrée qui claqua sur l'aimant rouillé. Il ne restait plus qu'à espérer et attendre que Max revienne et l'appelle.

Peut-être ne reviendrait-il jamais. Comme n'étaient jamais revenus ni son père ni sa mère...

Bien sûr, cette hypothèse était la plus probable. Pourtant, Diane avait quand même espéré sept jours entiers. Si le monde avait été créé en sept jours, cela devait bien suffire à ramener Max. Demain ? Peut-être... Cette histoire de la création en sept jours, elle avait toujours eu du mal à y croire. Toutes les attentes de sa vie avaient duré bien plus que cela. À ce jour, aucune n'avait été satisfaite. Comme toujours, comme elle avait l'habitude de le faire avec tous ses rêves, elle ferma les yeux et cacha son espoir au fond de son cœur, juste en dessous des soupirs. Diane ne naviguait que de rêves en espoirs déçus. Sa vie entière lui semblait une somme de rendez-vous manqués. Une petite voix lucide lui soufflait qu'elle passerait le reste du temps dans une impasse semblable à celle où elle avait espéré le retour de Max tous les jours de cette interminable semaine.

La grosse voix de la vieille clocharde résonnait dans les rues de Senlis : « L'amour est un tyran qui n'épargne personne ! »

Le dernier jour, Diane abandonna l'impasse à Fifine. La grosse bonne femme, sûrement alcoolisée, se retenait de basculer en avant en s'accrochant aux pierres d'une main ferme. De l'autre, elle vidait de toute sa hauteur une grosse boîte de pâté pour chat dans une assiette à dessert en plastique qui faisait office d'écuelle. L'infâme bouillasse giclait un peu sur ses pantoufles et sur les pavés autour du récipient de fortune, et les félins se bousculaient en vociférant pour jouir du festin. Fifine continuait à déclamer ses vers en jetant un œil torve à Diane qui quittait la ville avec sa valise.

3

Une blonde

— Maximilien Piquard !

Il lui avait adressé spontanément la seule chose qui lui venait à l'esprit, en même temps qu'une main, franche et solide, et un sourire maladroit. Il ne voyait rien d'autre à dire ou à faire. Il était clair qu'elle ne faisait pas partie du personnel de l'hôpital. Pas de blouse blanche ni de blouse verte.

La veille, lorsqu'il s'était enfin réveillé de son coma – après plusieurs affleurements douteux, suivis d'autres plongeons vers le néant –, il avait cru l'espace de quelques heures que l'humanité se divisait en trois parties. Les blouses blanches qui questionnent, observent, palpent, réfléchissent, et piquent aussi à l'occasion... Les blouses vertes qui poussent des chariots, qui servent à boire des bouillons fades et qui s'activent dans tous les sens. Et enfin les blouses à petits motifs munies d'un unique bouton-pression sur la nuque, celles qui habillent les blafards, les mal coiffés, les vaseux, ceux qui ne quittent pratiquement jamais le lit. C'était le camp auquel il appartenait : le camp des culs nus, pieds nus.

Maximilien avait compris tout cela la première fois qu'il s'était levé tout seul pour aller interroger le miroir du cabinet de toilette, sa main gauche empoignant les deux pans de la blouse à hauteur de ses fesses. Après l'AVC, il avait tout laissé derrière lui, mais pas ce restant de dignité ! Puis, quand les premières visites s'étaient présentées à sa porte, il avait su qu'il existait aussi une foule bariolée à l'extérieur de l'hôpital. Et parmi cette foule, des visages au nez froid venaient lui embrasser le front ou les joues et se réjouir de ces belles retrouvailles ! Certains pleuraient, ils avaient eu si peur ! Maximilien se sentait plutôt chanceux d'avoir échappé aux tourments que tous ces gens avaient manifestement endurés. Il les remerciait pour leur sollicitude et expliquait qu'il se sentait plutôt bien, qu'il n'avait rien de cassé et mal nulle part, et que par conséquent il fallait se réjouir !

Marlène, par réflexe professionnel, avait répondu à cette main tendue avec le même geste convenu.

— Moi, c'est Marlène.

Le médecin l'avait pourtant bien prévenue :

— Il ne s'agit sans doute que d'une « amnésie rétrograde transitoire » ! Rassurez-vous ! Dans quelques jours, tout sera rentré dans l'ordre. C'est assez courant.

Peut-être que si elle avait été moins apprêtée, il l'aurait reconnue, mais non franchement, son visage ne lui disait rien. En brune peut-être ? Il s'excusa ainsi :

— Tu as changé de couleur de cheveux, non ? C'est ça ? Ça te va bien le blond !

Une blouse blanche lui avait annoncé le matin même :

— Les visites ne sont autorisées que pour vos proches.

Il était donc juste qu'ils se tutoient et qu'ils soient contents de se voir. Maximilien s'appliquait à être chaleureux et il avait mis beaucoup de cœur dans cette poignée de main un peu appuyée pour manifester sa reconnaissance (le terme « reconnaissance » en l'occurrence ne convenait pas à la situation puisque cette femme lui était tout à fait inconnue).

Il se tenait un peu à distance, le dos raide, calé contre deux gros oreillers. Il avait pris les devants cette fois, car les deux vieilles personnes qui s'étaient présentées quelques heures auparavant l'avaient tant caressé et embrassé qu'il préférait que la nouvelle venue reste plus modérée dans ses effusions ; et cela fonctionnait. Cette Marlène était mal à l'aise et beaucoup trop maquillée pour que l'on puisse savoir qui elle était vraiment.

Cette blondeur ! Marlène ! Un nom lui revint soudain, comme une révélation. Une voix intérieure lui soufflait ce patronyme. Il ressentit même une sorte de soulagement à pouvoir se fier à cette mémoire primitive qui avait quand même un réservoir de bonnes surprises à lui offrir et il s'exclama triomphant :

— Marlène Dietrich ! (Avec le ton qui veut dire : bon sang, mais c'est bien sûr !)

Marlène écarquilla les yeux. Elle soupçonna un instant Maximilien de vouloir faire une blague pour détendre l'atmosphère. Mais les yeux noirs et profonds de son mari brillaient d'une intensité sincère et semblaient suspendus à ses lèvres avec un espoir manifeste qu'elle lui réponde :

— Oui, bravo, exactement ! *Gott sei Dank** ! Tout va bien, tu vois, ta mémoire fonctionne en définitive !

Elle se contenta de passer sa main dans sa longue chevelure d'or qui lui coûtait soixante-quinze euros toutes les cinq semaines pour entretenir les reflets et les racines.

— Je suis blonde depuis 2013, Max chéri !

Ah oui, ils se chérissaient donc... Il aurait dû se souvenir de ce somptueux brushing laqué... Il se sentit un peu honteux, mais Marlène s'assit près de lui dans le fauteuil et lui fit un petit débriefing des choses importantes à savoir. Elle lui expliqua qu'elle était sa femme depuis sept ans – même s'il y avait eu des hauts et des bas –, mais qu'il ne devait pas s'en faire, qu'elle serait là pour lui, qu'elle avait parlé avec les médecins et que très bientôt tout rentrerait dans l'ordre. Pour ce qui était de leur divorce, on remettrait ça à plus tard, il n'y avait pas d'urgence, d'autant que même ses parents – qui étaient venus le voir tout à l'heure – n'étaient pas au courant de leur séparation en cours. Il pouvait compter sur elle pour le soutien et pour la discrétion, car pour les Michels (les parents de Maximilien s'appelaient Michel et Michèle Piquard), ça ferait trop d'émotions à la fois. L'important c'était sa santé et son retour à la maison.

Maximilien apprit son mariage en même temps que son projet de divorce. Il hésita entre se réjouir et se désoler, et finit par reporter cette émotion à une date ultérieure. Marlène ressemblait plus à une secrétaire méthodique – qui fait de très bons comptes rendus – qu'à l'idée qu'il se faisait d'une épouse. Elle lui frotta

---

* « Dieu merci », en allemand.

l'avant-bras en signe d'encouragement. Maximilien se mit à éternuer, car son parfum l'incommodait, mais il n'osa pas le lui dire. Elle alla fermer la fenêtre entrebâillée, il continua à toussoter discrètement. Heureusement, il était 18 heures et dans le couloir s'avançait le chariot des réjouissances : bouillon, blanc de poulet, haricots verts, coquillettes, compote, yaourt. Une blouse verte ouvrit la porte et Marlène prit congé.

— On se dit à demain ! Je passerai après le boulot. Tes parents seront là dès le début d'après-midi et ton copain Manolo aussi. Pierre et Daphné ne reviendront que samedi, peut-être avec tes nièces.

Maximilien se sentit heureux de ne pas être seul au monde, abandonné dans un hôpital, cul nu et bientôt sûrement divorcé. Il était ravi de savoir qu'il avait un copain, il avait hâte de le connaître. Il fit une recherche rapide dans son répertoire téléphonique : Manolo Da Mota Dos Santos. Google lui révéla la suite : ENTREPRISE DE CARRELAGE ET MAÇONNERIE. Il y avait même sa photo : un petit brun tout sourire devant une camionnette blanche. Il était déjà sûr de bien s'entendre avec ce copain tombé du ciel ! C'était chouette qu'il vienne demain. Pour Pierre, Daphné et ses nièces, il aurait le temps de se renseigner auprès du vieux couple fort sympathique – bien qu'un peu envahissant – qui prenait tant soin de lui et à qui il fallait éviter de parler du divorce (il avait bien retenu la leçon de Marlène). Ce serait facile pour lui, car il n'avait pas vraiment de point de vue sur la procédure en cours, si ce n'est que le parfum allergisant et le maquillage outrancier de la rutilante blonde pouvaient constituer un début de griefs de sa part. Mais il devait être juste, elle s'était montrée très serviable, aimable, propre et organisée : des qualités fort appréciables au vu des circonstances et sûrement très appréciées sur son lieu de travail – il imaginait qu'elle était secrétaire de direction ou quelque chose comme cela –, il ne pouvait pas décemment monter un dossier à charge à ce stade de son histoire personnelle.

En plus des effluves de *Scandale*, Marlène laissa une pile de sous-vêtements dans le placard, un jogging bleu et un t-shirt sur le lit, des tongs bien rangées sur le linoléum beige, des magazines sur la table de nuit et une grosse trace de rouge à lèvres sur sa tempe gauche (mais ça, il ne le vit que vers 22 h 30 quand il passa devant le miroir en allant faire pipi).

La compote pommes-coings était un pur délice et ce jogging lui allait comme un gant !

Les magazines lui apprirent quelques nouvelles utiles : une astuce facile pour cuisiner des œufs brouillés au four à micro-ondes, l'étonnante spécificité d'un petit rongeur appelé le wombat qui fait des crottes cubiques, les dangers du tatouage au henné, et la disparition des deux tiers des populations animales sauvages en moins de cinquante ans. Cette information l'attrista beaucoup et il passa en revue les animaux sauvages dont il se souvenait et qui, il l'espérait, peuplaient encore les savanes : le zèbre, l'antilope, le lion, le gnou, la girafe, l'hippopotame, l'éléphant… Ah ! et bien sûr le wombat qui venait juste d'entrer dans sa vie ! Et comme il lui sembla qu'il pouvait en réciter des centaines pendant des heures, il se sentit rassuré, lécha son index et tourna la page. Après la triste nouvelle de l'hécatombe écologique, il découvrit avec bonheur qu'il était Balance et que les prévisions étaient plutôt favorables. Amour : il y a toujours une deuxième chance, à vous de la saisir ! Santé : la présence de Pluton vous procure une capacité remarquable après l'effort ou la maladie. Travail : sous l'influence conjuguée d'Uranus et de Saturne, tous les nouveaux projets seront favorisés. Il prit cet horoscope comme une feuille de route.

Maximilien s'endormit en se disant que sa deuxième chance était sûrement brune, que sa peau avait le goût d'une compote pommes-coings et il entendit claquer ses talons sur les pavés de Senlis. Ses rêves furent peuplés de visages inconnus, de blouses vertes apportant des œufs brouillés fumants en parcourant des couloirs bleu ciel qui débouchaient dans des paysages de savane où traînaient ici et là quelques crottes cubiques.

4

Monique

Diane rendit les clés de la chambre de bonne meublée qu'elle avait louée pendant les trois mois du tournage de la série et quitta définitivement Senlis un dimanche matin d'octobre. Une pluie fine avait bouclé ses cheveux sur le chemin de la gare routière. Elle crut un instant que l'eau qui coulait sur ses joues était les larmes d'un ciel presque autant déçu qu'elle. Il lui sembla qu'un Cupidon piteux cachait sa honte dans les gouttières ruisselantes de la vieille cité. Elle n'y reviendrait probablement plus jamais. Elle n'y avait aucun ami, aucune attache.

À son arrivée, la petite ville lovée dans ses vieilles pierres rousses l'avait charmée. Elle ressemblait à un décor de cinéma géant, et les habitants à des acteurs à succès, bottes de cheval, sac de cuir à l'épaule et carré Hermès noué autour du cou. Ils venaient tous d'atterrir d'un long-courrier à Roissy ou peut-être étaient-ils en route vers un haras où les attendait probablement un pur-sang nerveux qu'il faudrait brosser avant la course.

Enfin, c'est ainsi qu'elle imaginait les choses... Il y avait bien Fifine, cette vieille mendiante qu'elle croisait chaque soir en rentrant du travail, mais elle aussi semblait trop folklorique pour ne pas être factice : démarche grinçante comme le caddie à roulettes chargé de mystères qu'elle traînait à longueur de journée. Elle avait dû s'échapper d'un film de Kusturica pour venir passer sa retraite au frais à l'ombre d'une cathédrale royale. C'était sans doute une vieille actrice déchue qui nourrissait tous les chats orphelins de la ville et qui récitait des vers : « Jamais nous ne goûtons de parfaites allégresses : Nos plus heureux succès sont mêlés de tristesse. » Les petits écoliers bien coiffés, pulls bleu marine et bermudas rayés, confortaient pourtant Diane dans l'idée que cette ville était un repère de gens chanceux. Cet *entre-soi* bourgeois la reléguait au rang d'étrangère qui ne serait forcément que de passage. Maintenant qu'elle devait partir, parce que sa présence sur le tournage ne se justifiait plus (son personnage de femme de chambre sourde-muette étant décédé), elle avait l'impression de laisser un peu d'elle-même entre ces murs et d'emporter bien plus qu'un souvenir heureux : une promesse. Senlis était éloigné des rivages marins, pourtant, c'est ici qu'elle avait déposé sa bouteille à la mer : le roman de Foenkinos avec ses coordonnées.

Elle avait refermé la porte d'une parenthèse de trois mois, où elle avait pressenti le parfum du bonheur.

— Merci, mademoiselle, avec mon mari on ne manquera pas de regarder la série quand elle passera à la télé ! On aime bien les séries costumées ! Les histoires de l'ancien temps quoi... Vous m'avez dit que vous aviez le rôle d'une bonne ? Il n'y a pas de sot métier ! À Senlis on en a eu une fameuse de bonne ! Elle est devenue peintre et drôlement célèbre avec ça ! Je vous souhaite le même succès !

La propriétaire rangea la clé dans la poche de sa robe de chambre et referma la lourde porte de son bel appartement du centre-ville qui donnait sur un jardin clos.

Diane connaissait la vie de Séraphine de Senlis parce qu'elle avait visité une exposition consacrée à la gloire locale avec Max justement. Elle avait aussi vu sur ses conseils le film tourné sur l'artiste dans la ville qui lui tenait lieu de patronyme : Séraphine de Senlis, comme Léonard de Vinci. Elle se demandait ce que deviendrait Diane de Dijon. Les bons vœux de la propriétaire lui glacèrent le dos : la bonne en question était morte de faim, démente, dans un asile psychiatrique de Clermont-Ferrand. On l'avait vue errer, à plus de soixante ans, des nuits entières dans les ruelles alentour, en robe de mariée, chandeliers d'argent dans les mains, à la recherche d'un amoureux qui n'existait pas (une folle dans le même genre que Fifine). Alors, bien sûr, ses peintures étaient pleines de rêves et de poésie, mais Diane espérait quand même un meilleur sort. Quoi qu'il en soit, elle n'avait aucun don pour la peinture. Si elle décrochait un rôle de comtesse dans une série historique, ce serait déjà une belle promotion !

Elle avait participé à de nouveaux castings et attendait plusieurs réponses. Le dernier avait eu lieu à Paris, la semaine précédente, ce n'était pas une de ces figurations minables cette fois, c'était un film pour le cinéma. Oh bien sûr, pas un premier rôle, mais tout de même, un personnage parlant qui aurait son importance dans l'histoire. Elle se dit que si elle obtenait ce contrat ce serait le début de quelque chose, une porte ouverte pour la grande aventure de sa vie. Elle avait tellement aimé le roman de Romain Gary, *La Promesse de l'aube*, et l'amour de cette mère qui avait prophétisé les succès de son fils. Parfois elle imaginait qu'elle pourrait avoir un destin dans ce genre. Elle aspirait aux mêmes gloires, occultant l'issue fatale. Diane avait reçu une sorte de promesse elle aussi à l'aube de sa vie, l'amour et les sacrifices en moins.

Sa mère lui avait infligé son rêve : faire de la petite fille qu'elle était une princesse.

Éternelle insatisfaite de sa condition, cette mère n'avait couru qu'après ses folies. Elle s'était enfuie de chez ses parents à dix-sept ans pour suivre un amant espagnol, forain et escroc, qui l'avait oubliée sur une aire d'autoroute quand son ventre avait commencé à s'arrondir. Puis, elle était venue s'installer chez Monique pour y déposer son bébé et passer le reste de sa courte vie à lire des romans-photos. Sa grande passion et son activité principale consistaient à découper, dans les magazines, les portraits de la princesse de Galles et à les coller dans un album à la couverture argentée qu'elle rangeait dans sa table de nuit. C'était son idole. Elle avait même eu la piteuse idée d'appeler son caniche nain : Princess, et sa fille Diana ! On aurait dû en pleurer, mais les gens se contentaient d'en rire.

Sauf Monique.

Monique était une demi-sœur du grand-père de Diane. Mais le sujet restait tabou dans la famille, le grand-père en question ayant coupé les ponts avec

Monique depuis 1981 suite à un conflit de succession au sujet d'une poêle à châtaignes censée lui revenir.

Monique était tellement plus qu'une demi-tante pour l'enfant !

La gamine n'avait pas deux ans lorsque sa mère avait commencé à couper l'eau de rinçage du shampoing avec de l'eau oxygénée pour que sa petite Espagnole ressemble davantage à son prénom. La fillette fut contrainte de porter les cheveux courts, comme la ravissante épouse du prince Charles. Les séances chez le coiffeur finissaient toujours en larmes parce que la mère reprochait à l'enfant son teint trop sombre et ses yeux noirs et parce que Diana savait qu'en plus de la déception de sa mère, elle devrait endurer les moqueries à l'école le lendemain. Monique essayait de raisonner sa jeune nièce, mais elle ne voulait rien entendre.

— Je fais ça pour son bien ! Elle me remerciera un jour ! Mais, elle ne fait aucun effort ! Cette gosse me rendra folle !

Elle se mettait soudain à crier, excédée :

— Tu veux être une souillon ou ressembler à une princesse ?

Diana opinait du chef en hoquetant :

— U... une prin... cesse.

Elle essayait de faire plaisir à sa maman, mais ce n'était pas facile d'être une princesse britannique tous les matins devant le portail de son école primaire. Les manteaux roses et les baskets à strass ne faisaient pas tout ! Avec le temps, elle avait appris à s'habituer, à incarner le rôle rêvé par sa mère avec docilité, fatalité, et même un sens de l'autodérision qui l'avait rendue plus forte face aux plaisanteries cinglantes de ses camarades. Elle affinait son pouvoir comique et surmontait l'épreuve avec un certain humour. Il avait fallu jouer à Diana miniature pendant presque huit ans jusqu'à l'accident fatal qui avait fracassé la princesse dans le virage d'un tunnel et plongé sa mère dans une grave dépression. Sa dernière folie l'avait conduite jusqu'à Paris dans les eaux sales de la Seine où elle avait jeté sa médiocre histoire depuis le pont de l'Alma pour unir son destin à celui de son idole. Elle avait simplement abandonné son enfant à Dijon dans la boutique de Monique, sans dire un mot.

Très vite, grâce aux remarques pertinentes de sa tata, la petite Diana avait écarté la possibilité d'épouser Charles en secondes noces.

— Il est vieux comme tout le Charles, et puis tu verras que la Camilla va sortir du bois !

Monique avait toujours des analyses assez fines, et pour Camilla, on peut dire qu'elle avait vu juste ! Elle disait « la » Camilla, « le » Charles, parce qu'elle était bourguignonne et que cet article judicieusement placé devant le prénom permettait à chacun de se sentir unique. La Monique, la seule Monique possible, était une femme exceptionnelle !

Sous la brosse de son héroïque tante, les cheveux de l'enfant poussèrent enfin et retrouvèrent peu à peu la couleur de jais de sa lignée d'ancêtres andalous. La petite chienne caniche survécut au drame encore quelques années. Le « a » final du prénom de la fillette fut oublié dans le bristol beige sous la photo de sa carte d'identité, et Monique ne la nomma plus que Diane, lui offrant ainsi tout le loisir de s'inventer une personnalité bien à elle.

Le grand-père de l'enfant, étant veuf depuis peu, accepta de céder la garde de Diane à sa demi-sœur Monique, à condition qu'elle lui restitue la fameuse poêle à châtaignes tant convoitée. Monique, qui n'avait jamais vu de sa vie cette poêle à châtaignes, en dégota une dans une brocante et l'affaire fut conclue. Le doute persista cependant dans l'esprit du grand-père sur l'authenticité de l'objet et il préféra rester fâché. Il mourut quelques années plus tard sans avoir connu ni l'origine exacte de cette poêle ni sa petite-fille.

Diane savait depuis toujours jouer la comédie devant un public difficile. À peine fut-elle entrée de plain-pied dans sa propre existence, avec ses longs cheveux bruns noués en une queue-de-cheval épaisse, virevoltante autour de son visage de pain d'épices, qu'elle décida de faire du théâtre son loisir favori. Elle s'inscrivit au club du collège dirigé par Mme Aragon, professeur de français et grande dramaturge, capable de faire jouer Racine ou Ionesco à ses petits élèves de sixième avec des costumes en crépon et des dînettes en plastique. Diane triompha immédiatement sur les planches de la salle polyvalente qui accueillait les représentations de fin d'année. Elle excellait dans les rôles comiques, mais savait aussi émouvoir. Et la compassion qu'elle parvint à susciter, grâce à l'aisance de son jeu, fut une revanche sur le piètre rôle qui lui avait été assigné les huit premières années de sa vie. C'est au théâtre et dans les bras de sa tante que Diane apprit combien la vie peut être riche et douce même quand on n'est pas une princesse !

Alors, ce casting à Paris pour un vrai rôle, c'était peut-être sa chance ! C'est ce qu'elle avait pensé pendant le trajet entre Senlis et Paris. Mais le retour avait pris des allures de chemin de croix : un incident de circulation sur la ligne 6, le bus pour Senlis loupé et Max envolé. Elle se sentait un peu fautive. Elle n'était pas arrivée à l'heure au rendez-vous de sa vie pour courir après ce qui serait sans doute encore une chimère, comme tous les autres rôles espérés dans tous les films pour lesquels elle n'avait pas été choisie. Être choisie, voilà l'espoir qu'elle nourrissait secrètement et qui ne se réalisait jamais. Sa mère n'avait pas choisi de lui donner la vie, son père non plus. Même si Monique était la meilleure des femmes, elle n'avait pas choisi de se retrouver à presque cinquante ans avec l'enfant d'une autre sur les bras, déposée chez elle comme un colis en instance.

Même Max ne l'avait pas choisie. Elle était tombée sur lui par hasard. Leur rencontre était un malentendu. Diane se sentait souvent de trop, toujours inattendue, souvent malvenue.

Alors, il était juste qu'il en soit ainsi. L'idée qu'il put y avoir une justice la réconfortait un peu. Le chagrin de la perte de Max donnait de la vigueur à son espoir professionnel. Elle imaginait que la vie était ainsi : un donné pour un repris. Il y avait toujours une dette à payer pour un bonheur espéré. En attendant la bonne nouvelle d'un rôle pour le cinéma, elle toucherait quelques semaines de chômage.

Diane avait l'habitude de ces longues périodes d'inactivité où elle retournait s'installer chez Monique en comptant les heures qui la séparaient des jours meilleurs. Elle s'imaginait un rôle dans un film des frères Foenkinos... On a bien le droit de rêver quand on a vingt ans, enfin vingt-neuf, enfin, qu'importe...

Il s'était passé tant de choses étonnantes depuis trois mois. La tête calée contre la vitre de l'autocar qui quittait Senlis, Diane observait ses souvenirs défiler entre les reflets des néons, les gouttelettes fuyantes et la course des paysages.

5

Une maman

— Ah ! Tu as meilleure mine aujourd'hui, mon chéri ! s'écria Michèle en s'approchant du lit.

Et déjà, elle s'agrippait au cou de son fils pour le couvrir de baisers.

Elle avait les bras chargés de fleurs, de paquets de biscuits, de ballotins de chocolats, et d'un gros chandail de laine qu'elle avait tricoté elle-même. Elle l'avait commencé pour son mari depuis environ trois semaines, puis elle avait accéléré la cadence pour l'offrir à Maximilien qui en avait le plus besoin.

— C'est du jacquard ! Un modèle pas facile : c'est du niveau 3 ! J'avais hésité avec un pull à torsades, mais je me suis dit : le jacquard, c'est plus gai !... Il te plaît ?

Maximilien contemplait l'œuvre en considérant que ce serait peut-être un peu grand et que l'hôpital était déjà très bien chauffé. Il n'était pas convaincu par la couleur jaune moutarde, en fait.

— Comme ça, tu auras bien chaud !

Pourtant, Maximilien savait pertinemment qu'il n'était pas hospitalisé pour une pneumonie ou autre affection ORL. Mais Michèle faisait partie de ces mères qui ne semblent avoir que deux missions sur cette Terre : faire en sorte que l'enfant n'ait pas froid et qu'il finisse bien son assiette. Maximilien avait trente ans, mesurait un mètre quatre-vingt-sept, et sa dernière rhino-pharyngite remontait à février 2006 : vacances en famille, chalet de tonton Robert, Les Rousses. Mais ce souvenir aussi était effacé sur la page vierge de sa mémoire. Les mamans, elles, n'oublient rien et leurs peurs sont tapies bien au chaud dans leur cœur, prêtes à ressurgir au moindre courant d'air ou grimace de dégoût devant un plat de choux de Bruxelles. Michèle avait été une mère parfaite et soupçonnait sans cesse ses belles-filles de n'avoir pris qu'un médiocre relais auprès de ses deux fils chéris. Pierre, l'aîné, toujours très sage, et Maxou, son petit qui lui faisait encore une belle frayeur avec cet accident vasculaire ! C'est lui qui lui avait donné le plus de fil à retordre : huit fractures avant sa majorité ! Il avait fallu renoncer aux séjours au ski chez Robert et l'hôpital avait même fait un signalement auprès des services sociaux… Mais l'affaire avait été classée sans suite. Maximilien avait été un enfant maladroit et un adolescent turbulent, il avait les poignets et les chevilles fragiles et il avait continué à se blesser, à pied, à vélo, en skate, au foot, dans le jardin et les rues du quartier. Michèle gardait toujours des blocs de glace au congélateur pour patienter en attendant les secours, il n'y avait rien d'autre à faire…

Michèle exigea qu'il enfile le pull tout de suite. Il s'exécuta comme l'aurait fait un enfant qui veut faire plaisir à sa maman. Il avait oublié ses caprices de petit garçon, ses révoltes adolescentes et ses aspirations d'indépendance vis-à-vis de cette mère un peu étouffante qui profitait de la moindre faiblesse pour regagner du terrain. C'est sûrement pour la fuir qu'il s'était marié si jeune, à vingt-trois ans, à peine diplômé.

— Il te va très bien, dit-elle en lissant les mailles sur le devant et en regrettant un peu les torsades qui auraient pu faire un bel effet finalement...

Oui, tout allait très bien puisque tout le monde le disait. Il pourrait bientôt sortir de l'hôpital et profiter de cette belle vie toute neuve qu'il avait à vivre !

Tout le temps que dura la visite de ses parents, Maximilien transpira à grosses gouttes en se grattant frénétiquement, parce que le pull était fait de ce genre de laine épaisse qui pique et qui fait préférer un bon nez bouché et des suppositoires à l'eucalyptus plutôt que ce prurit insoutenable ! Mais il ne se sentait pas le cœur de se plaindre d'un cadeau qui avait coûté tant d'efforts à sa mère. C'était quand même un pull de niveau 3 !

Michèle voulut faire elle-même son diagnostic au sujet de la mémoire de son fils, car elle trouvait les explications du médecin chef un peu vagues. Elle avait besoin d'en avoir le cœur net.

— Ça va ? Tu nous reconnais cette fois ?

— Oui, oui.

Maximilien les désigna du doigt tour à tour : Michèle et Michel.

Michèle sourit en soupirant, rassurée, et remercia en secret le petit Jésus ! En fervente croyante, elle imaginait que tous les bienfaits reçus étaient l'œuvre d'un nouveau-né de Judée.

— Et nous sommes ?

— Le 12 ?

— Non, *nous* ! Nous sommes qui pour toi ?

— Mes parents.

— Très bien ! Et tu te souviens de Pierre, il est venu hier ?

— Mon frère.

— Exactement. Et Marlène ?

— Euh... ma femme ?

— Ben, évidemment ! Tu as l'air d'en douter ?

Elle glissa discrètement à son mari, éteint dans le fauteuil :

— C'est sûr qu'elle n'est pas très présente ! Trop de boulot, soi-disant... Elle a un drôle de sens des priorités ! Faut pas qu'elle s'étonne s'il ne la reconnaît pas. Moi, il m'a tout de suite reconnue aujourd'hui ! Je dis ça, j'dis rien...

— Ouais, ne dis rien, c'est mieux !

Michel préférait toujours que sa femme se taise, mais cela n'arrivait que dans deux occasions : lorsqu'elle avait la bouche pleine et lorsqu'elle était aphone. Il jouissait de la première occasion trois fois par jour et aussi pendant la tisane et le petit chocolat de fin de soirée sur le canapé. Hélas ! La deuxième se présentait rarement, surtout depuis que la famille ne se rendait plus dans le Jura aux vacances de février. C'est vrai qu'il avait peu de répit. Malheureusement, l'activité favorite de Michèle était le tricot et cela occupe les mains, mais pas la bouche ! Michèle parlait même en dormant... et, comble de l'exaspération pour lui, elle avait toujours raison ! Alors, Michel avait pris l'habitude de développer une très riche vie intérieure et de piquer quelques petits roupillons de temps en temps quand on n'avait pas besoin de lui pour quelques menus travaux de plomberie ou d'électricité. Il s'y connaissait pas mal aussi en mécanique, mais plus personne ne fait sa vidange à domicile... Alors, pour éviter d'écouter Michèle jacasser à longueur de journée, il s'adonnait au jardinage, aux mots fléchés et à la sieste digestive depuis qu'il avait raccroché sa casquette de postier.

C'est Michèle qui décida, après un monologue d'environ trois quarts d'heure, qu'il valait mieux en rester là aujourd'hui pour ne pas fatiguer le petit.

Elle lui avait récapitulé toutes les choses à savoir avant de reprendre le cours de sa vie où il l'avait laissé de façon impromptue la semaine précédente. Il était paré, bien informé et bien couvert, elle avait joué son rôle, il n'avait pas à s'en faire. Marlène était bien secrétaire de direction comme il l'avait soupçonné et ce flair extraordinaire serait une chance pour compenser sa mémoire défaillante.

Avant de repartir, elle expliqua à son fils avec un peu de regret dans la voix qu'elle ne viendrait pas samedi, car il aurait à nouveau la visite de Pierre, mais cette fois, il viendrait avec sa femme, Daphné.

— Tu te souviens de Daphné ? Ta belle-sœur ? Elle n'est pas facile à oublier pourtant, elle râle tout le temps !

Michèle avait promis de s'occuper des petites (les jumelles du couple). Il le fallait bien, car Dada, comme on l'appelait, n'était pas très dégourdie.

— Elle se noie toujours dans un verre d'eau ! Michel ! Réveille-toi ! On y va ! Bisous, mon chéri.

6

Départ

L'autocar arriva à Paris en fin de matinée, et Diane devait attendre le TER de 17 h 14 à la gare de Bercy pour Dijon. Elle ne planifia pas son trajet, elle avait du temps et l'envie de marcher, même si son sac était un peu lourd et même si le temps était maussade. Que ce soit sous un soleil insolent ou dans la fadeur grise de ce début d'octobre, Paris a toujours des airs de gloire, et arpenter ses boulevards, traverser ses places à découvert, flâner dans ses jardins, c'est faire partie d'un mythe. Diane longea les murs sales et humides, puis se fondit dans l'ombre des palais somptueux. Elle déboucha sur des carrefours bruyants et finit par se noyer dans les foules obstinées. Quand on n'a rien à faire, quand on n'est attendu nulle part, marcher dans Paris c'est toujours donner une direction à ses pas, se laisser emporter vers un sens qui vous avait échappé et qui soudain vous saisit. Elle n'alla pas au pont de l'Alma. Ce pèlerinage, elle l'avait fait souvent, pour essayer de comprendre, pour s'imaginer des adieux, pour chercher du regard dans les flots marron les vestiges d'une mère. Peut-être que les princes Harry et William étaient venus ici, comme elle, pour déverser leurs larmes dans la Seine. Cette pensée faisait d'elle une bâtarde royale, une sœur de chagrin, le même genre d'orphelines que celles qui portent des couronnes de saphirs. Cela lui conférait une forme de familiarité avec les jeunes princes dont sa mère aurait sans doute raffolé. Il n'est pas toujours facile de satisfaire les ambitions de ses parents. Mais cette fois, ses pas, munis d'une invisible boussole, l'avaient conduite ailleurs.

C'est seulement en apercevant les grilles que Diane comprit pourquoi elle était revenue là. Les arbres du jardin du Luxembourg lâchaient leurs feuilles jaunies sous la caresse du vent. La nature se dépouillait de ses habits d'estivant pour vivre nue dans la froidure. Chacune des feuilles comme autant de souvenirs perdus venait rouler sous la course des joggeurs, craquer sous les bottines des enfants, sous le pas lent des promeneurs. Elles avaient bourgeonné, grandi, s'étaient agitées sous les branches en chantant toutes sortes de mélodies. Aux jours brûlants, elles avaient offert leur ombre et leur fraîcheur, abrité quelques amours naissantes posées sur des bancs et maintenant on les foulait du pied, elles redevenaient poussière. C'était justement là, sur ce banc-ci, sous cet arbre précisément, que trois mois plus tôt était né quelque chose de précieux, quelque chose que Diane venait de perdre.

Le temps n'a plus la même valeur dès lors que la vie se fait intense. Trois mois plus tôt, Diane était entrée dans une danse endiablée, une sorte de flamenco fou où tout se précipite et où l'extraordinaire entre par effraction et vous emporte au bal après une longue attente sur les chaises oubliées au bord de la piste. Il y avait d'abord eu le coup de fil chez Monique :

— Bonjour, mademoiselle, vous êtes toujours disponible ? Une des actrices s'est blessée, du coup on a quelque chose pour vous si ça vous intéresse.

C'était la bonne sourde et muette qui lui ouvrait enfin les portes des plateaux de tournage. Diane ne reprendrait pas son poste de surveillante de cantine en septembre ni les cours de soutien scolaire des garderies municipales de Dijon. Le soir même, elle avait pris le train pour Paris.

— Le tournage a lieu en Picardie, à Senlis. C'est une série historique tournée en décor naturel.

Elle avait logé quelques jours dans la capitale au milieu de l'été dans un appartement prêté par une amie avant de trouver le meublé de Senlis. Toutes les fois où elle allait à Paris pour des castings, des auditions, et même une fois pour le doublage d'un dessin animé japonais, c'est chez Tess qu'elle débarquait. Les deux amies d'enfance s'étaient fait une promesse dans les coulisses de la salle polyvalente du collège :

— Un jour, on fera un film ensemble, croix de bois, croix de fer ! Je serai la réalisatrice et tu seras le premier rôle !

Et Tess avait craché par terre.

Avec un Kleenex, Diane avait essuyé un peu de la bave de Tess sur le bout de ses chaussures vernies qui se mirent à briller plus fort et elle avait pensé : *Pourquoi pas ?*

Puis elle s'était mise à attendre que la promesse soit exaucée.

Juste après le bac, Tess était montée à Paris, elle avait fréquenté les cours de réalisation d'une prestigieuse école de cinéma, rencontré les bonnes personnes, frappé aux bonnes portes et toute sa rage d'atteindre son but commençait à porter ses fruits. Elle occupait désormais un poste d'assistante de réalisation et commençait à se forger une petite renommée pour ses idées et son dynamisme dans le milieu du cinéma.

Fille d'un avocat réputé et d'une directrice des ressources humaines, Tess avait toujours eu beaucoup de charme et d'assurance. Elle était gaie, intelligente et fantasque. Dernière-née d'une fratrie nombreuse de cette bourgeoisie catholique de province un peu rigide, elle avait su s'affranchir de tous les codes et imposer tous ses caprices. Fine mouche, observatrice et ambitieuse, elle avait décidé des chemins qu'elle souhaitait emprunter et, dès qu'elle le pouvait, elle tendait la main à Diane dont elle appréciait les talents de comédienne depuis l'enfance. Elle n'avait jamais ri devant ses mèches décolorées, ne l'avait jamais appelée Lady Di dans la cour de récréation comme les autres enfants de leur école primaire. Elle comprenait et elle lui confiait :

— Tu as déjà été dirigée par le pire metteur en scène qui soit : ta mère ! Tu as déjà fait tes armes dans le pire des navets ! Tu es faite pour le cinéma, ça va marcher, tu verras !

Diane espérait… Un jour, qui sait ?

Tess, la fougueuse, avait décrété en quittant Dijon qu'on verrait ce qu'on verrait, et qu'elle avait bien l'intention de se faire un nom ! Son prénom de baptême, à Paris, personne ne le connaissait. Pour tous désormais, c'était Tess. Mais pas pour Monique qui lui avait tartiné de grandes tranches de pain de mie à la crème de marrons* et fait réviser sa géographie, de sa plus tendre enfance au baccalauréat. Pour elle, Tess resterait toujours Valérie, un point c'est tout, réussite à la clé ou pas.

Si Diane avait obtenu ce rôle de secours dans la série de Senlis, c'était grâce à Tess qui saisissait la moindre opportunité pour la servir sur un plateau à son amie.

— J'ai eu une petite histoire avec le second rôle : Gary Coupeau, une craquette ! Du coup, j'ai pas mal fréquenté l'équipe. Quand j'ai su qu'une actrice était défaillante, je leur ai tout de suite parlé de toi !

Tess avait de l'ambition pour deux, et des histoires d'amour pour dix !

Avec Gary Coupeau ça n'avait pas duré, mais Diane avait eu trois mois de tournage assurés.

---

* À défaut de s'accorder sur leur héritage matériel, Monique partageait avec son demi-frère ce goût particulier pour les châtaignes – la génétique a ses mystères...

7

Bonne nouvelle

— C'est moi qui ai appelé le SAMU ! Tu m'as filé une de ces trouilles, mon cochon ! On était dans le métro, et quand le haut-parleur a annoncé : Bonne-Nouvelle ! Bonne-Nouvelle ! Tu n'as pas bronché. Pourtant, on devait descendre à Bonne-Nouvelle ! On devait aller visiter le duplex de Mme Joyaux pour les plans.

Manolo avait un très léger accent portugais, il roulait un peu les *r* et chuintait légèrement les *s*, mais ce n'était pas vraiment ce qui gênait la compréhension de Maximilien. Le duplex ? Les plans de Mme Joyaux ? Le SAMU ? La bonne nouvelle ? Il avait du mal à suivre le fil de l'histoire, pourtant, il n'osa pas interrompre son ami qui semblait revivre avec beaucoup d'émotion l'instant crucial où tout avait basculé.

— Tu avais les yeux vitreux, dans le vague, et quand je t'ai répété : « c'est Bonne-Nouvelle, il faut descendre », tu ne m'as pas répondu et le métro est reparti. Du coup on est descendus à Strasbourg ! Enfin on t'a descendu, parce que toi, tu étais dans le cirage. Ce sont des Chinois qui m'ont aidé à te porter sur le quai. Les pompiers et le SAMU ont débarqué ensemble à Strasbourg.

Pour Maximilien cela faisait beaucoup d'informations à la fois.

— Mais là du coup, on est où ? Ma mère m'a dit qu'on était à Paris...

— Ben oui, on est à Paris ! ! Où veux-tu qu'on soit ? Ah ! Tu croyais Strasbourg ? À cause de Strasbourg-Saint-Denis ! Non, ça, c'est la station juste après Bonne-Nouvelle, ligne 8 ! On aurait mieux fait de prendre la camionnette, mais c'est toi qui as voulu prendre le métro, tu dis toujours qu'on ne peut pas se garer dans ce quartier.

Décidément ce Manolo était un peu confus, mais il était sympa comme il l'avait imaginé et Maximilien le remercia beaucoup pour tout ce qu'il avait fait pour lui avec l'aide des Chinois.

— Dis-moi, tu la connais, toi, cette Marlène ?

Manolo resta un instant interloqué, mais comme il était au courant pour l'amnésie partielle, il répondit assez sobrement :

— Ben évidemment, j'étais ton témoin de mariage, c'est Luisa qui lui a fait sa robe et vous êtes partis en voyage de noces dans ma maison à Porto !

— Luisa ?

— Ma femme ! Elle est couturière, aide-ménagère et nourrice à domicile.

— Et tu la trouves comment, toi ?

— Luisa ?

— Non, Marlène ? Elle est bizarre, non ?

— Ben, ça fait une paye que je ne la vois plus ! Il y a de l'eau dans le gaz entre vous. Tu as quitté le domicile conjugal depuis six mois environ !

— Ah bon ? Mes parents n'ont pas l'air au courant ! Tu sais pourquoi on s'est séparés ?

— Ben, ce serait à toi de savoir, non ?

— Il y a bien ce problème de parfum...

— Le parfum de qui ? D'un autre ? Elle voit quelqu'un, ça, c'est sûr ! Et toi aussi, d'ailleurs !

— C'est-à-dire ? Qu'est-ce que tu sais ? J'ai besoin d'y voir clair Manolo, j'ai tout oublié !

— Ben, tu ne m'as pas tout dit, mais depuis que tu as aménagé dans le XVe, je sais que tu as une relation avec une femme.

— J'en étais sûr ! Une brune avec un goût pomme-coing et des talons !

— Ah, ben ça, je sais pas... Par contre, je sais que le jour où tu es tombé dans le coma tu devais la retrouver ! Elle a dû t'attendre... Tu devais partir pour Senlis juste après le rendez-vous de Mme Joyaux à Bonne-Nouvelle...

— Mince ! Mais comment je vais la retrouver ?

— Ben, Mme Joyaux est une bonne cliente, on a toutes ses coordonnées à l'agence !

— Non, la femme, la brune de Senlis, avec des talons !

— Aucune idée ! Avec ton téléphone peut-être...

Manolo était vraiment une perle, il pensait à tout. Bien sûr le téléphone serait une mine d'or. Avec son téléphone, en une minute, il avait tout su au sujet de Manolo et de son entreprise ! C'était quand même un problème de ne pas connaître le nom de cette femme...

— Marlène m'a dit que je rentrerai avec elle, à la maison. Elle a dit qu'on habite à Marly-le-Roi. Elle ne m'a pas parlé du XVe.

— C'est peut-être mieux dans l'immédiat ! En attendant que tu sois rétabli. Vous êtes encore mariés pour le meilleur et pour le pire.

Manolo fit un signe de croix et embrassa sa médaille de baptême qui était, jusque-là, enfouie dans les poils au milieu de ses pectoraux, sous son t-shirt *Da Mota Dos Santos carrelage et béton*. Il croyait aux saints sacrements.

— Ça va peut-être s'arranger entre vous. Les épreuves, ça renforce parfois...

Décidément ce Manolo était un sage et Maximilien avait beaucoup de chance de l'avoir dans sa vie.

Après son départ, Marlène et son parfum passèrent en coup de vent, puis Maximilien éplucha son téléphone : les SMS, les e-mails, les diverses messageries... Aucune trace d'un rendez-vous à Senlis, aucune conversation intime avec une femme saveur pomme-coing... L'affaire se corsait. Il fit défiler le répertoire en espérant qu'un contact ferait tilt. Rien. Elle faisait forcément partie de la liste des inconnus. Il décida de rédiger un SMS très simple qui appelait une réponse forcément efficace : « Urgent. Suite à amnésie, je recherche une brune picarde à talons, est-ce vous ? » Il omit volontairement de signaler le goût pomme-coing, c'était quand même très personnel et l'intéressée n'en avait peut-être elle-même pas vraiment conscience. Au moment de l'envoyer à tous les prénoms féminins de sa liste d'amies, il eut la présence d'esprit de retirer Maman, Marlène,

Luisa, Mme Joyaux, et Daphné Piquard, puis, après quelques hésitations il cliqua aussi sur tous les prénoms non genrés tels qu'Alex, Camille, Dom et Fred.

La soirée fut ponctuée par des bips lumineux et une ribambelle de messages lui demandant ce qu'il avait fumé, ou si sa soirée était bien arrosée ? Ceux qui étaient au courant de son état se contentèrent de prendre quelques nouvelles polies. Hélas, il n'apprit rien sur celle que les planètes désignaient comme sa deuxième chance.

8

Amedeo Modigliani

Diane s'était assise sur ce fameux banc où trois mois plus tôt elle avait croisé un ange, avec un chapeau. Elle avait quand même jeté un regard furtif autour d'elle en déposant son gros sac par terre. Et s'il traînait encore dans le jardin ? Elle continua à caresser ses souvenirs.

Diane était arrivée à Paris juste après l'anniversaire de ses vingt-neuf ans. En fille de forain, elle avait eu le bon goût de naître un jour de fête. Et quelle fête ! Sa mère avait ressenti les premières contractions au bal des pompiers, mais elle n'avait pas eu le temps d'y trouver un prince. La petite Diana était née sans père à la maternité de Chenôve le soir du bicentenaire de la Révolution. Les preuves de sa filiation s'étaient arrêtées à cette coïncidence. Le reste n'était que des bribes de conversation glanées ici où là...

— Tu imagines : un forain !

— Pas étonnant qu'il l'ait laissée au bord d'une route... Ah ! Les gens du voyage, tous des voleurs, menteurs et compagnie !

— La pauvre gosse, sa mère est une cinglée !

— Il paraît qu'elle s'est fait tamponner derrière la piste des autos tamponneuses : c'est le comble !

Il y avait des rires parfois. Si sa vie prêtait à rire, ce n'était peut-être pas si grave... Sa conception tenait de la blague Carambar. Mais c'était étrange comme tout cela lui serrait la gorge.

Jusque vers ses sept ans, sa mère lui avait laissé croire que les feux d'artifice étaient tirés exprès pour son anniversaire. Pour une future princesse, c'était bien la moindre des choses ! Et puis cela épargnait un cadeau trop coûteux... Mais quand la maîtresse avait expliqué la prise de la Bastille, Diane avait aussi compris que son papa ne reviendrait pas, tout comme la petite souris, qui lui avait payé grassement sous l'oreiller ses premières dents de lait et qu'elle avait surprise un matin : elle s'appelait Monique !

Alors, si les forains et tous les autres adultes qui peuplaient cette Terre étaient des menteurs, autant plonger de plein gré dans la fiction : lire des romans, jouer des pièces de théâtre, faire du cinéma... La vie n'était qu'une farce.

Cet été-là, celui de la rencontre, trois mois plus tôt, Diane n'avait pas eu la chance d'assister aux merveilleuses gerbes de couleurs crépitantes au-dessus de la tour Eiffel ; son train l'avait déposée à Paris le 15 juillet. Mais après son petit tour habituel sur le pont de l'Alma, pour annoncer la bonne nouvelle : « Ça y est, maman, j'ai enfin un rôle dans une série ! », un feu d'artifice d'un autre genre avait brutalement ébloui sa vie.

Aux premières heures de l'aube, Tess était partie en voyage avec un nouvel amant :

— Tu me laisseras les clés dans la boîte aux lettres ! Bonne chance, ma poule !

Diane avait passé le week-end seule à Paris. Le samedi, elle était venue dans le jardin du Luxembourg pour lire. Il ne lui restait que quelques pages pour finir *Vers la beauté*[*] de son auteur préféré. Les choses s'étaient très vite enchaînées.

Un vieux monsieur, venu s'asseoir sans bruit près d'elle sur le banc, l'avait observée pendant sa lecture, puis il avait dit :

— Vous êtes là pour lui ?

— ...

— *L'Ange au visage grave* ! Amedeo Modigliani. Sur la couverture de votre livre, je vois un tableau de Modigliani, c'est pourquoi je vous demandais si vous étiez venu pour lui ?

— Je suis juste venue pour lire sous les arbres. Je ne connais ce peintre que depuis que j'ai commencé ce roman, il y est question d'un de ses tableaux.

— Eh bien, c'est l'occasion d'aller tous les découvrir ! J'en sors et c'est une bien belle exposition que nous propose le musée du Luxembourg ! Vous devriez y faire un tour !

Le monsieur avait remis son chapeau et était reparti comme il était arrivé. Diane regarda sa montre, il était vingt, ou moins vingt... bref, un ange venait de passer et elle avait peut-être encore le temps de faire un tour à cette exposition avant la fermeture. Ce roman lui montrait la direction : « Vers la beauté ».

---

* David Foenkinos, *Vers la beauté*, Gallimard, 2018.

Depuis plusieurs années déjà, elle s'était prise de passion pour cet auteur : David Foenkinos. Diane avait toujours beaucoup lu et elle dévorait tout ce que la libraire de la place Émile-Zola à Dijon lui suggérait. C'est elle qui lui avait proposé *Nos séparations*, *La Délicatesse*, *Les Souvenirs*... Diane avait même lu les œuvres de jeunesse que tous semblaient ignorer. Elle avait l'impression d'avoir découvert cet auteur avant tout le monde et que son succès grandissant ces dernières années était un peu son œuvre puisqu'elle lui était si fidèle ! Après la lecture du roman *Le Potentiel érotique de ma femme*, qui raconte les lubies d'un collectionneur, Diane avait entrepris de collectionner Foenkinos ! Non seulement elle possédait toutes ses œuvres, mais elle récupérait les volumes d'occasion chez les bouquinistes, dans les brocantes et les boîtes à livres. C'était sa chasse au trésor : dégoter un Foenkinos ! Elle compilait les citations dans un petit carnet. Elle aimait cette poésie du dérisoire, ces destins anonymes, ces êtres invisibles qui deviennent les héros d'histoires ordinaires, mais que la plume de l'auteur rendait si touchants, drôles et immortels. Elle avait fait siennes quelques-unes de ses passions comme la littérature russe, les peintures de Charlotte Salomon, les vacances à Villefranche-sur-Mer et le jazz. Elle envisageait même de se mettre à la guitare. Elle avait laissé l'auteur la convaincre que Toulon ne valait pas le détour, mais qu'il ne fallait pas manquer Genève ou Berlin. Elle écoutait toutes ses interviews et elle avait fini par se l'avouer, il la bouleversait. Cet étrange état dans lequel elle versait avait quelque chose d'érotique comme lorsque l'on balance au seuil d'une porte sans oser la franchir. Un jour, elle irait le rencontrer dans un salon du livre, lors d'une dédicace, et elle oserait lui dire la place qu'il occupait dans sa vie. Pour le moment, elle préférait osciller dans cet entre-deux qui laisse tout espérer. L'écrivain à la mode était tout de même plus accessible qu'un prince de Galles dans la légende de sa vie ! On s'épargnerait déjà la barrière de la langue...

Sa manie de le collectionner l'avait poussée à découper sa photo dans un magazine. (Cette manie du découpage d'idoles lui venait évidemment de sa mère.) Cette photo était rangée dans son portefeuille juste en dessous de sa carte vitale. L'écrivain fixait Diane d'un air compatissant à la moindre angine, au moindre rappel de vaccin. La photo n'était pas récente et l'homme s'était installé définitivement sous les traits d'un trentenaire fringant, col roulé et pose nonchalante. Entre dieu grec et boursier de la fac des lettres, il offrait une chance à tous les possibles.

Ce fut donc la lecture de ce roman et accessoirement le vieux monsieur au chapeau (mais nous n'avons aucune autre information à son sujet) qui guidèrent Diane jusqu'au musée du Luxembourg : « Vers la beauté ».

9

Balance

La porte s'ouvrit et Maximilien crut que c'était elle : sa deuxième chance ! Mais il se ravisa très vite parce qu'elle était suivie de Pierre et que Pierre était déjà venu le premier jour. Maximilien le reconnut immédiatement à sa haute stature et à son air sévère. Il paraît que c'était son frère ! Il était ravi de constater que sa mémoire à court terme fonctionnait à merveille. Les souvenirs nouveaux s'imprimaient sans aucune difficulté depuis son réveil. Maximilien comprit qu'il ne devait pas s'emballer dès qu'il apercevait une brune. Il fallait d'abord croiser les informations : la sienne (la brune qui avait partiellement échappé à l'effacement des données) portait des talons, se trouvait probablement à Senlis et avait un goût pomme-coing à la fois sucré et acidulé. Il était bien conscient que la phase du test « reconnaissance de saveurs » n'arriverait que dans un deuxième temps.

D'ailleurs, son enthousiasme envers Daphné, sa belle-sœur, retomba assez vite. Elle était épuisée et s'installa près de lui dans le fauteuil des visiteurs dès que furent passées les inévitables embrassades. Seuls Marlène, Manolo et les blouses blanches et vertes avaient eu la délicatesse de ne pas se livrer à ce genre de familiarité sur son corps à peine revenu du néant.

Daphné commença par lui faire quelques reproches, car franchement Maximilien avait fichu une belle trouille à toute la famille. Et ça tombait très mal pour elle en ce moment, car elle était au bout du rouleau et à fleur de peau. Elle avait des réveils nocturnes et des angoisses et, à cause de lui, elle allait sans doute se remettre à fumer. Pierre nota que si elle voulait finir dans un lit d'hôpital comme Max, c'était la meilleure chose à faire ! Max voulut objecter qu'il se sentait bien et qu'à sa connaissance il n'avait jamais été fumeur, mais Daphné poursuivit son bilan psychologique sans s'interrompre. Il faut dire qu'elle était en plein baby-blues et que c'est une période très délicate pour les femmes, surtout pour elle, avec ses fragilités anciennes ! Pendant qu'elle se mouchait et essuyait une larme, Pierre précisa que les jumelles avaient quand même déjà neuf ans... Le couple avait jugé préférable de les confier quelques jours aux grands-parents pour que Daphné puisse se remettre de l'AVC de Maximilien plus sereinement. Daphné releva que :

— Les trimballer tout un après-midi à la Cité des sciences à neuf ans c'est bien une idée de ta mère !

L'évocation de potentielles découvertes scientifiques stupéfiantes permit à Maximilien d'engager la conversation sur celle qu'il venait de faire dernièrement à propos du wombat et de ses curieuses crottes cubiques. C'était sa façon de rassurer sa famille au sujet de sa mémoire récente. Pierre ne sembla pas réaliser la puissance de cette information collectée depuis plus de quatre jours et qui portait en elle tant d'espoir quant au rétablissement fulgurant de son jeune frère pour qui toute la famille se faisait tant de souci !

Daphné en revanche en profita pour raconter avec force détails une expérience d'hydrothérapie du colon qui l'avait beaucoup soulagée quand elle était au fond du trou.

— On n'imagine pas les bienfaits ! Ça chasse les idées noires et ça éclaircit même le teint. Tu devrais essayer !

Juste vêtu de la blouse à petits motifs et bouton-pression unique dans la nuque, Maximilien se serait senti vulnérable. Heureusement, le jogging apporté par Marlène lui assurait confort et sécurité.

Il avait fallu une semaine de coma avant que la circulation dans les vaisseaux les plus enfouis de son cerveau ne se fluidifie. Il n'envisageait aucune autre intervention de débouchage interne ! Grâce aux différents examens, scanners, IRM et échographie des derniers jours, il en savait plus sur ses organes et circuits veineux que sur tout ce qu'il avait pu vivre d'heureux ou de dramatique en trente ans. D'ailleurs, il n'avait aucune idée noire à chasser, il se sentait vivant et heureux. Il avait la chance folle de n'avoir aucune séquelle véritablement handicapante et ce problème de mémoire finirait bien par se régler. Son horoscope lui faisait de belles promesses, il avait hâte de sortir de l'hôpital pour profiter des bonnes potentialités de Saturne et d'Uranus !

Comme il en était encore aux prémices de la découverte de cette famille, il jugea que c'était le moment opportun pour demander à Daphné et Pierre quel était leur signe astrologique.

Pierre répondit qu'il ne croyait pas à ces conneries. Et Maximilien fut très surpris de découvrir que Daphné partageait les mêmes conjonctures astrales que lui ! Manifestement, à en juger aux marques évidentes de sa dépression, l'influence des planètes n'avait pas sur eux deux les mêmes effets. Il en conclut qu'elle devait se situer sur l'autre plateau de la balance.

Maximilien offrit généreusement le dernier numéro de *Femme actuelle* à Daphné en précisant qu'il y avait une très bonne astuce de recette d'œufs brouillés au four à micro-ondes page 12. Elle accepta sans se départir de son air dépité. Maximilien était content de se débarrasser de l'hebdomadaire féminin qui avait suscité quelques sourires en coin parmi les blouses vertes. Il était convaincu que conserver ce titre sur sa table de nuit ne lui serait plus d'une aide fondamentale dans sa quête pour découvrir qui il avait été autrefois et quel était cet homme actuel qui bouillonnait en lui. D'autant qu'il savait maintenant tout ce qu'il y avait à savoir sur le drame écologique qui se jouait et le tatouage au henné. Même le courrier des lectrices n'abordait pas ses propres problématiques. Du reste, il n'avait aucun kilo à perdre et n'envisageait pas d'épilation définitive. Sa virilité appelait d'autres lectures, il en parlerait ce soir à Marlène.

10

David Foenkinos

Le jour de son passage à Paris avant de rentrer à Dijon, le vieux monsieur n'était pas réapparu et Diane quitta le banc pour marcher jusqu'au musée du Luxembourg, elle contempla la longue file des visiteurs qui se pressait pour la nouvelle exposition : « Le Caravage ». Diane nota l'article devant le nom du peintre et pensa que « la » Monique avait au moins un point commun avec le grand artiste italien.

Elle avait été là, elle aussi, trois mois plus tôt, dans cette même file d'attente. Elle avait eu le temps de finir le roman debout, le long des barrières de sécurité Vigipirate. Elle ne possédait pas le précieux coupe-file de ceux qui savent anticiper les temps forts de leur existence. C'est le vieux monsieur au chapeau qui avait fait de Modigliani le détour inattendu de son après-midi. Elle dut attendre dans le peloton des têtes en l'air que l'art cueille par surprise, ceux qui s'engouffrent dans le hasard des circonstances et se laissent frapper par la beauté des choses entre la sortie du bureau et la soupe du soir.

Lors de cette visite en juillet, les dernières pages du roman avaient aiguisé sa sensibilité. Il était question d'un drame. Et c'est avec la gorge nouée et les yeux rougis qu'elle sortit de la fiction pour entrer dans le musée.

L'Ange au visage grave frappa son cœur dès la première œuvre. Elle comprit immédiatement pourquoi le héros du livre qu'elle venait de quitter avait eu envie de passer le reste de sa vie face à l'un de ces tableaux. Tous les portraits, sobres, étirés vers la mélancolie, figés dans une éternité, fixaient Diane de leur regard absent. Elle se sentit happée par le gouffre de ces yeux que le peintre avait omis de peindre. Elle y voyait tout, sauf du vide : les sentiments, les sensations, les douleurs, les désirs, les espoirs d'une humanité entière étaient cachés là, derrière les aplats colorés de ces yeux sans pupilles. Diane était capable de les saisir, elle se sentit élue, choisie pour les ressentir. Et tout lui parut soudain possible et accessible. Même lui !

Elle le vit d'abord de dos et n'y prêta pas vraiment attention. Il n'était qu'un dos courbé, fesses enfoncées dans le cuir de la banquette face au *Portrait de Jeanne*. C'est lorsqu'elle passa à sa droite pour s'approcher de la toile (elle aimait déchiffrer les petites traces du pinceau dans la pâte colorée pour imaginer le geste du peintre) qu'elle remarqua la chemise de coton bleue aux manches retroussées, les lunettes d'écaille sous le sourcil désordonné et la touffe bouclée de ses cheveux. Il était là ! Elle hésita un instant à sortir de son portefeuille le petit rectangle de magazine découpé, pour en avoir le cœur net, mais c'était inutile, elle connaissait cette photo par cœur. Cette fois, il ne la regardait pas d'un œil compatissant pour quelques maladies bénignes prises en charge par une bonne mutuelle. Il ne la voyait même pas. Les coudes posés sur ces genoux, les deux mains calées sous une barbichette clairsemée, il semblait attendre que Jeanne, assise dans le cadre d'en face, daigne répondre à une question. L'affaire semblait sérieuse. Quelque chose de puissant le reliait au tableau. Cette force presque palpable fit que Diane n'osa pas la franchir, elle contourna la banquette par l'arrière. Elle tenait encore son roman dans la main en même temps que le plan de l'exposition. Elle passait sa vie à hésiter, à attendre... il était temps d'oser quelque chose ! La première chose qui lui vint à l'esprit fut le coup du chat dans la gorge. Dans un premier temps, elle toussota – mais peut-être ne réagit-il pas à cette première alerte, parce qu'il en avait vu d'autres entre les bronchites et les gros rhumes, pendant toutes ces années où il l'avait veillée, coincé sous sa carte vitale. Il y avait aussi ce brouhaha propre aux salles de musées où les extases discrètes de chacun forment un magma inaudible qui étouffe les petits chats au fond des gorges timides.

À bien y réfléchir, Diane ne trouva rien de très surprenant à ce qu'il soit là. David Foenkinos parlait justement du tableau de Jeanne dans son roman, il avait dû longuement l'observer sur le papier glacé de quelques beaux livres d'art pendant la rédaction de son roman. Cette exposition à Paris offrait l'occasion rêvée pour l'auteur de venir contempler l'œuvre originale. Il lui parut même évident qu'il soit là. C'était juste une chance immense pour Diane de s'y trouver pile au même moment que lui (l'exposition durait plusieurs semaines) et il n'était pas question de laisser passer cette chance. Diane croyait aux anges, et dans son esprit, le monsieur au chapeau se trouva investi d'un pouvoir surnaturel. C'est lui qui l'avait guidée jusque dans ce musée vers celui qu'elle rêvait de rencontrer. Les anges avaient fait leur part, c'était à son tour d'entrer en scène, de livrer le texte, de poser sa voix. Il aurait été plus simple de connaître à l'avance le scénario.

Les mots se débattaient autour du petit chat dans sa gorge, elle ne savait pas par où commencer. S'excuser de déranger ? (Ça, elle avait l'habitude.) Se présenter ? (Elle possédait un petit speech rodé pour les castings qu'elle savait débiter avec une belle assurance, mais cela ne se prêtait pas du tout à la situation.) Lui demander l'heure ? (On avait annoncé au micro que le public était prié de s'avancer vers la sortie, le musée fermait ses portes dans une demi-heure, tout le monde savait qu'il était un peu plus de 19 h 30.) Alors, elle s'assit près de lui sur la banquette, en silence, à distance raisonnable bien sûr. C'est à cet instant que surgit un nouvel ange : Kevin !

Kevin avait échappé à la vigilance de son professeur d'arts plastiques qui traînait un groupe d'adolescents épuisés dans les salles du musée. Tout en arrachant les écouteurs de son Audioguide, il venait de jeter ses quatre-vingts kilos d'exaspération sur la banquette en beuglant :

— Putain ça me soûle !

— Kevin, tu rejoins le groupe immédiatement ! avait lancé le professeur qui fermait la marche. (C'était le professeur balai.)

Mais l'impact de Kevin sur la banquette avait créé un mini-séisme et propulsé Diane contre son rêve. Et la première phrase, qu'elle avait voulu joliment pensée, fine, intelligente, digne du grand auteur, s'articula sans crier gare :

— Oups, c'est Kevin, je suis désolée !

Diane était un peu affalée contre son épaule.

— Vous vous appelez Kevin ? s'étonna-t-il en soulevant un de ses sourcils.

— Non, moi, c'est Diane, Kevin, c'est...

Kevin n'était déjà plus là. Il avait obéi et rejoint le groupe puisque la visite s'achevait, c'était le meilleur moment de la journée ! Il était moins vingt, un ange venait de passer.

11

Feeling good

Elle avait une façon très curieuse de remuer les fesses : une sorte de mouvement circulaire assez lent qui semblait imiter le chemin du chiffon sur la vitre, mais en sens inverse. Maximilien, qui sortait du cabinet de toilette, esquissa le même petit déhanché pour comprendre comment reproduire cette danse, car il s'agissait bien d'une danse ! D'ailleurs, la femme de ménage fredonnait en lavant les vitres. Maximilien regrettait que la blouse verte trop ample dissimule les formes envoûtantes de cette superbe panthère noire qui dansait dans sa chambre face au soleil levant. Comme il se sentait gêné de la surprendre dans cette presque intimité, il se racla la gorge pour la prévenir et pour lui dire : « Je suis là, derrière vous, je viens de sortir de la salle de bains et je regarde vos fesses depuis plusieurs minutes, c'est fascinant ! »

La charmante silhouette noire et verte se retourna offrant un sourire éclatant et s'exclama avec un accent créole :

— Bonjour, monsieur ! Vous avez bien dormi ? Vous sortez bientôt, je crois ?

— Je ne sais pas, le docteur n'est pas encore passé ce matin. Mais je vous ai interrompue... vous chantiez une bien belle chanson !

— Oh ! Je ne m'en rends même plus compte ! Je chante toujours en travaillant, j'essaye de ne pas faire trop de bruit !

Tout à coup, il revint à l'esprit de Maximilien que les Sept Nains chantaient en rentrant du boulot et que Blanche-Neige, elle, « sifflait » en briquant la maisonnette dans la forêt, mais il pensa que cette remarque risquait d'être de mauvais goût et il la garda pour lui. Il comprit que sa mémoire empruntait certains raccourcis inappropriés et surtout ne lui revenaient à l'esprit que des informations strictement inutiles. Ce constat le désola un instant mais, à bien y réfléchir, ce n'était pas si grave et c'était même plutôt bon signe : les souvenirs étaient présents, il suffisait d'attendre qu'ils se réveillent un à un et tant pis si l'ordre des priorités n'était pas respecté ! Il avait bon espoir.

— C'est quelle chanson ?

— « Feeling Good », Nina Simone. Ça me met de bonne humeur !

— J'aimerais bien l'entendre encore.

La femme de ménage retira ses gants de latex et se mit à entonner d'une voix grave et puissante :

— *It's a new dawn, It's a new day, It's a new life, for me...*

Maximilien enchaîna à tue-tête :

— *Oh! Freedom!*

Il comprenait l'anglais et connaissait cette chanson ! Il était aux anges. Les paroles de ce tube racontaient toute sa vie. Cette vie nouvelle qui venait tout juste de commencer.

— C'est formidable ! Merci à vous ! Vous avez une voix superbe ! Je crois que chacun a sa chanson et celle-ci sera la mienne ! La nôtre, si vous voulez ! Comment vous appelez-vous ?

— Grace.

— Grace Kelly ?

— Non, Grace M'Bongo.

— Ah bon, je croyais... Merci, Grace, pour ce cadeau !

Grace désigna le carnet à croquis ouvert sur la table roulante.

— C'est vous qui avez fait ce dessin ?

— Oui !

— Vous êtes dessinateur ?

— Personne n'a pensé à me dire quel est mon métier ! Je croyais que j'étais carreleur à cause d'un copain qui est venu me voir, on travaille ensemble, il paraît ! Mais j'ai bien observé le carrelage des toilettes ce matin et franchement je n'ai pas senti la vocation !

Grace était ébahie par le dessin de Maximilien qu'elle tenait désormais entre ses mains.

— Moi, je dirais que vous êtes décorateur ou architecte d'intérieur, genre Valérie Damidot ou les filles qui bossent avec Plaza, un truc comme ça !

— C'est mon frère qui m'a apporté le carnet et les crayons, il a dit que ça allait sûrement m'aider à me resituer. Du coup, j'ai dessiné la chambre.

— Oui, je vois ça, c'est fou ! Vous avez ajouté un coin cuisine et c'est une bonne idée le parquet flottant, en plus c'est très facile d'entretien !

— Vous voyez, ce sont des modules amovibles ici pour faciliter le rangement.

— En revanche le lit escamotable ce n'est pas très pratique pour les soins...

— Oui, je comprends bien, mais c'est la seule façon de créer un espace salon pour les visites, c'est quand même plus convivial ! Je n'ai pas touché à la salle de bains même si je ne suis pas fan du vert, mais bon... elle est en bon état. Ça permet de limiter les frais. Je peux vous faire un devis pour la semaine prochaine si vous voulez !

— Faudra voir ça avec le directeur de l'hôpital, mais en ce moment niveau budget je sais que c'est serré ! On ne nous a pas encore payé les heures sup de cet été !

Maximilien comprit qu'il s'était un peu emballé. Il était tellement heureux de savoir faire quelque chose d'utile, de se sentir bien et de partager cette chanson avec la belle Grace.

— Oui, bien sûr et de toute façon vous n'allez pas passer votre vie ici ! Je suis sûr que vous allez percer dans la chanson !

Grace, un peu rougissante, ajouta sur le ton de la confidence :

— Ma sœur m'a inscrite à The Voice ! Je passe les sélections bientôt, c'est pour ça que je m'entraîne un peu en douce quand j'ai un moment.

Maximilien lui montra triomphalement ses deux mains qui croisaient les doigts.

Grace ramassa ses gants et son spray pour les vitres.

— Dites-moi Grace, vous ne connaîtriez pas une brune avec des talons par hasard ?

— Isabelle ?

— Isabelle Adjani ?

— Non ! Isabelle Grandgirard, une des filles de l'accueil, au rez-de-chaussée. Elle met toujours des talons très hauts, mais bon, elle est assise toute la journée, elle peut se le permettre !

— Je passerai la voir...

— Elle s'occupe des sorties, vous ne pouvez pas la louper.

Quinze minutes plus tard, Maximilien faisait les cent pas en tongs dans le hall, en essayant de dévisager Isabelle Grandgirard derrière son comptoir. Elle avait vingt ans de plus que lui et l'air revêche, ça ne pouvait pas être elle !

12

La rencontre

Une immense affiche annonçait que Le Caravage avait remplacé Modigliani depuis la fin septembre. Devant le 15 de la rue Vaugirard, Diane ne voyait plus la longue file des visiteurs qui se languissaient pour entrer dans le musée. Ses souvenirs la transportaient encore jusqu'aux salles somptueuses ornées des portraits de Modigliani, lorsque sa joue avait effleuré son épaule. Il avait ri. Diane avait souvent l'impression d'être comique malgré elle. Elle n'avait pas eu l'intention de le faire rire, mais finalement c'était une bonne entrée en matière, alors, elle avait enchaîné dans une sorte de fougue, comme en apnée sans s'interrompre (parce que : quand faut y aller, faut y aller...) :

— Je n'osais pas vous déranger, vous sembliez très absorbé. Mais j'avais très envie de vous rencontrer. C'est extraordinaire que vous soyez là. C'est comme une prière exaucée. Sans Kevin, je n'aurais peut-être pas osé faire le premier pas. Ce sont les anges qui m'ont conduite ici ! Il me semble que je me prépare à cette rencontre depuis des mois, des années même ! Vous m'avez accompagnée, vous savez ! Je vous emporte partout avec moi. Vous allez me trouver dingue, mais j'ai même votre photo dans mon portefeuille !

Il la trouva un peu dingue en effet. Mais il était soufflé par cet élan, cette avalanche ininterrompue de compliments et de reconnaissance qu'elle continuait à lui adresser encore pendant plusieurs minutes. Et puis elle était belle, une beauté simple et brutale qui le désarma. Il n'eut pas le temps de l'interrompre, elle le dévorait des yeux, de ces yeux noirs étincelants de ferveur. Il regardait danser ses boucles brunes sur ses épaules, la pulpe de ses lèvres qui laissait échapper ce qui ressemblait à de l'amour. Tout son corps s'agitait de plaisir. Elle expliquait aussi avec les mains combien l'instant était unique et précieux pour elle. Il était transporté lui aussi. Une telle fougue, un tel désir quand ça vous tombe dessus, vous n'avez plus qu'à vous en saisir. Peu importe qui vous l'envoie, peu importe que vous le méritiez ou pas. Dans sa main gauche qui s'agitait devant lui, Diane tenait fermement le plan et le livre.

Sa surprise cessa au moment où il distingua le nom de l'auteur sur la tranche du livre.

— C'est le livre qui vous a menée là ?

— Oui, exactement ! Je l'ai adoré, vous savez, comme tous les autres. Je ne connaissais pas Modigliani. C'est le livre... Je voulais juste vous dire merci. Excusez-moi, je m'emballe un peu.

Elle était haletante à la façon d'une amante étourdie d'avoir trop joui.

Si Diane l'avait mieux observé à cet instant précis, elle aurait peut-être remarqué l'effacement subtil de son sourire béat, la petite mort au fond de son regard. Elle aurait pu entendre ce qu'il n'osa pas dire pour ne pas briser le charme :

— Je crois que vous faites erreur, mademoiselle, vous me prenez pour un autre.

Non seulement cela aurait été cruel, mais il aurait anéanti toute chance de laisser brûler encore un peu le feu qu'elle venait d'allumer en lui. Pendant plusieurs minutes, alors qu'ils regagnaient ensemble la sortie et que leur conversation passionnée se poursuivait dans le jardin, sur le banc (celui de l'homme au chapeau), Max se tut et endossa sans broncher le rôle de David Foenkinos.

13

La vie conjugale

Quelques jours après son réveil, le médecin du service décréta que Max pouvait rentrer chez lui, il était hors de danger. Être amputé de sa mémoire n'empêche pas de marcher ni de reprendre le chemin de la vie. On lui conseillait cependant du repos et de la modération en toute chose. La fréquentation de sa famille et de ses amis devait lui permettre de recoller les morceaux (nous parlons bien de sa mémoire, car concernant son mariage, cela se révélerait impossible).

Au moment de quitter ce que Max considérait comme la « maternité de sa renaissance », il voulut exécuter une petite figure de danse pour saluer Grace qui lui faisait coucou de la main à l'autre bout du couloir. Le sol fraîchement ciré se déroba sous ses pieds. Il se rattrapa de justesse à la poignée de la porte vitrée du bureau des sorties et dut différer son départ de quelques heures, car il valait mieux faire une radio. Ce n'était qu'une mauvaise entorse du poignet, mais il fallut passer par les urgences. Au fond, Max n'avait pas changé. Il avait oublié qui il était, mais sa nature restait intacte. C'était un artiste, une sorte de version brune d'un Pierre Richard à lunettes qui souriait à la vie. Son épaisse chevelure bouclée avait poussé en jungle indomptable pendant son coma (mais une semaine n'explique pas tout : il avait toujours eu le cheveu rebelle) et elle contrastait avec le petit jardin à la française qu'il avait soigneusement taillé autour de son menton quelques heures avant sa sortie. Max avait le souci d'être séduisant. Il était conscient des efforts à fournir. Sa beauté naturellement modeste lui commandait de cultiver un charme attendrissant. Il plaçait beaucoup d'espoir dans cette barbichette savamment orchestrée.

Max rentra à Marly-le-Roi avec un poignet plâtré et quelques souvenirs boiteux raccommodés à la hâte avec ce que chacun savait de lui.

Il comprit assez vite que le monde était peuplé d'une foule de brunes à talons et que ce ne serait pas une mince affaire que de retrouver la sienne ! Il les avait aperçues sur le parking de l'hôpital depuis la fenêtre de sa chambre, puis croisées dans la rue, côtoyées dans les mêmes files d'attente, sous les Abribus, saluées dans les restaurants. Plus tard, il en raccompagnerait certaines jusque chez elles, et goûterait même la saveur de leur peau. Mais ce ne serait jamais celle qui avait survécu dans son cœur quand sa tête avait fait naufrage.

Concernant cette femme qui venait marcher dans sa mémoire absente, son copain, Manolo, lui avait livré le peu qu'il connaissait de l'histoire, et son frère, Pierre, lui avait conseillé de renoncer à ses foutaises et de sauver son mariage puisqu'il en avait l'opportunité.

— Parfois, la vie se charge de te donner une petite leçon. Cet AVC, c'est ta chance ! Si tu crois que c'est facile pour moi avec Daphné ! Je serre les dents parfois, mais je ne renonce pas ! C'est mieux pour les enfants...

Max vivait plutôt cet AVC comme un gros contretemps, un tapis dans lequel il s'était pris les pieds en courant vers la seule chose qui lui importait : son évidence, sa vérité. Il ne savait pas dans quelle mesure il était plus judicieux de laisser croire aux enfants à un bonheur factice, aux vertus de la résignation et du dépit. Il fit remarquer à son frère qu'en ce qui le concernait, il n'y avait pas d'enfants à berner et d'après ce qu'il avait pu reconstituer de son histoire matrimoniale, sa femme avait mis les voiles de son plein gré et depuis longtemps déjà, vers l'Hôtel des voyageurs à quelques rues de chez eux, où elle débriefait sur les affaires en cours avec un collègue assidu tous les jours entre midi et 14 heures.

Il était question de divorce depuis plusieurs mois, mais Marlène n'était pas pressée de procéder au partage. Son amant n'étant pas encore vraiment disposé à tout quitter pour elle, puisque sa femme était malencontreusement « malade » (Marlène ne savait pas que la maladie en question était une troisième grossesse assez pénible) et pas en état d'affronter un abandon. Il ne pouvait décemment pas se comporter en salaud dans ces circonstances tout de même ! L'Hôtel des voyageurs ferait bien l'affaire, pour ce qu'ils avaient à faire...

Après le trou noir, Marlène avait installé son mari au rez-de-chaussée de leur pavillon de Marly-le-Roi. Il lui avait gentiment fait remarquer qu'il ne souffrait d'aucun handicap physique qui ne l'empêche de vivre en haut des escaliers. Mais Marlène avait expliqué que c'était mieux ainsi. Ils feraient étage à part. C'était un peu prématuré de retourner vivre tout seul dans le XVe, d'autant que ni ses parents ni son frère ne savaient que l'appartement, qui avait été acheté à but locatif et qui devait être une opération de défiscalisation, était devenu la garçonnière officielle de Max depuis presque six mois. Il s'y était installé en plein drame amoureux quand Marlène lui avait annoncé qu'elle voulait changer de vie. Enfin, quand elle disait « changer de vie », c'était surtout changer d'homme, changer de peau à caresser, respirer l'air frais d'une maison de campagne (en l'espèce, c'était la chambre n° 12 avec toilettes, douche et vue sur le parking) pour briser la routine et se remettre à rêver. La plupart des gens ne savent pas continuer à désirer ce qu'ils possèdent déjà. Marlène avait besoin de nouveauté. En revanche, elle rechignait à laisser sa maison, son jardin, ses voisins, sa manucure, Fabienne sa coiffeuse, la boulangerie d'en face qui faisait des brioches feuilletées à se damner. Elle aimait son confort, ses habitudes et elle habitait à dix minutes en Twingo de son travail et à cinq minutes à pied de l'Hôtel des voyageurs. On ne renonce pas si facilement à tant d'avantages ! Bref, elle envisageait une nouvelle vie en tout point semblable à la précédente, Max en moins, et Gérard Lambert en plus (le collègue-amant habitait dans une banlieue moins chic et s'appelait vraiment Gérard Lambert, ce n'est pas une blague, vous pouvez vérifier dans l'annuaire !). Et il faisait miroiter à Marlène le rêve de tout ce qu'il ne pourrait jamais lui offrir.

Avant de repartir vers Paris où l'attendait sa vraie vie, Max devait d'abord se retaper et retrouver la mémoire.

Pour le moment, d'après Marlène, il avait l'air d'un enfant hagard. Elle était d'accord pour l'aider, mais il n'était pas question de reprendre véritablement une vie de couple. Elle gardait ainsi la jouissance de leur jolie maison et continuait à fluoter son agenda tous les midis de la semaine (c'était sa façon de mettre de la couleur dans sa vie). Il n'était plus question cependant de partager les repas de famille du dimanche chez les Michels. La nouvelle d'un divorce imminent fut ainsi proclamée en silence par le simple fait de ses absences inexcusées les semaines qui suivirent l'amnésie. Max n'en éprouva aucun regret puisque sa présence n'avait laissé aucune empreinte dans sa mémoire. Tout le reste de la famille dut se l'avouer tacitement : Marlène ne manquait à personne.

14

Mme Molens

Monique attendait sa nièce sur le quai de la gare. Diane était encore sur le marchepied du train quand elle aperçut les grands gestes de sa tante :

— Ils ont appelé ! Tu es prise !

— ...

— Le rôle ! Tu as le rôle !

Voilà ! C'est ainsi. Les bonnes nouvelles se donnent rarement la main. Elle avait perdu Max, mais elle avait le rôle.

— On va fêter ça !

Tata Monique avait invité Mme Molens, sa voisine du dessus qui lui tenait lieu de meilleure amie. Pour les deux vieilles dames, toutes les occasions étaient bonnes pour se servir un petit porto.

Diane se sentait vide et désolée, mais il fallut trinquer.

— Cette fois, je le sens, ça va marcher ! avait prophétisé à voix très haute Mme Molens en tendant son verre vide à Monique pour une deuxième tournée.

Mme Molens n'avait jamais eu une intuition très fiable, mais il faut reconnaître que ce jour-là, elle avait eu du nez (à défaut d'avoir de l'oreille, car elle était sourde comme un pot).

Mme Molens était de ces femmes sans âge et sans passé qui semblent s'être arrêtées de vieillir en attrapant la soixantaine ou bien qui ont toujours semblé l'avoir eue. Elle ne prenait plus d'âge depuis longtemps, elle avait celui qu'on lui donnait. Pour Diane, soixante ans c'était l'âge de Mme Molens, elle l'avait toujours connue comme ça : brushing laqué blond cendré de chez L'Oréal, lunettes à chaînette dorée posées sur son poitrail de matrone qui faisait office de réservoir à miettes à l'heure du goûter, et rouge à lèvres en toutes circonstances.

Mme Molens s'était occupée de Diane à de nombreuses reprises. Elle l'avait gardée quelques fois quand elle était bébé et que Monique avait encore son magasin de lingerie, à l'époque où la mère de Diane disparaissait pendant plusieurs jours sans donner de nouvelles. Puis, il y avait eu les surveillances après l'école en attendant la fermeture de la boutique lorsque Diane jouait à l'élastique en bas de l'immeuble avec Valérie. Elle distribuait ses fameux biscuits Saint-Michel, au bon beurre de Normandie ! Mme Molens était vaguement d'origine normande. Personne ne savait comment elle avait atterri là, dans ce petit immeuble d'un quartier populaire de Dijon. D'ailleurs, personne ne savait grand-chose sur Mme Molens. Parfois, un individu se résume à une ou deux anecdotes mille fois racontées et l'on croit tout savoir comme si l'événement colporté faisait l'essence d'un être. C'était le cas de Mme Molens, que personne ne fréquentait dans l'escalier B, à part Monique et sa nièce. Il faut dire qu'elle n'avait pas un caractère facile, que sa surdité limitait les potentielles conversations, et surtout, il y avait plusieurs motifs de griefs contre elle d'après les autres locataires : le volume de sa télé, ses poubelles entassées en permanence sur son palier et des histoires de coucheries avec le mari de la concierge (avec lequel elle aurait « fricoté » dans le milieu des années quatre-vingt-dix d'après la voisine du rez-de-chaussée qui n'avait pas l'œil dans sa poche). Seules Monique et Diane n'avaient jamais prêté l'oreille aux ragots. C'est vrai qu'elle avait son caractère, mais Mme Molens ne rechignait jamais à rendre service et gâtait toujours « la petite » de bonbons et biscuits, déposant deux gros baisers sur ses joues, marquant ainsi du sceau de ses lèvres écarlates toute la tendresse qu'elle n'avait jamais pu offrir. Bien sûr, elle aurait aimé avoir un enfant bien à elle. Mais son aventure avec le mari de la concierge était restée stérile.

Mme Molens enchaînait les questions sans jamais écouter les réponses. Pour dissimuler sa surdité, elle faisait toujours en sorte de ne pas laisser parler ses interlocuteurs, on n'est pas sourd quand il n'y a rien à entendre ! Pourtant, elle était curieuse :

— Il faut que tu me racontes quand même : tu n'as pas encore trouvé un petit fiancé ? Entre nous, ce chemisier vert n'est pas très flatteur pour ton teint ! Pour les brunes, il faut du rouge ! Ou du saumon, pêche éventuellement, c'est bien aussi !

Mme Molens était très sûre de ses conseils mode et beauté. Elle était d'ailleurs abonnée à plusieurs magazines spécialisés, ce qui faisait d'elle une experte à n'en pas douter !

Après s'être lamentée au sujet de l'absence du « petit fiancé », avoir brandi le spectre intraitable de l'horloge biologique, elle réfléchit à haute voix à l'opportunité d'« inscrire la petite sur Internet ». D'après elle (bien qu'elle n'ait jamais eu l'occasion de s'y connecter), « Internet » était le lieu de tous les possibles. Il n'y avait pas de quoi désespérer puisqu'il restait la solution « Internet » !

Mme Molens n'était jamais avare de conseils en matière d'amour. Elle envisageait toujours pour les autres les échecs qu'elle n'avait pas su éviter dans sa propre existence. À vrai dire, elle était une référence en matière d'expériences désastreuses et elle s'empressait de dispenser toutes les leçons qu'elle avait tirées trop tard. Au fond, l'amoureuse déçue qu'elle avait toujours été avait bon cœur. Et si le mari de la concierge avait su l'aimer autrement qu'en douce, quinze minutes deux fois par semaine, en lui montant ses abonnements presse, elle aurait fait une épouse et une mère idéale. Mais elle n'avait reçu d'autres gratifications de cet homme que cette même phrase, cent fois répétée, en remontant sa braguette :

— Donne-moi ta poubelle, j'en profite pour te la descendre.

Le petit manège du mari volage finit par être découvert. Il nia la liaison coupable, criant haut et fort le seul dégoût que lui inspirait la grosse Molens et jura ses grands dieux, à sa « bibiche d'épouse qu'il était honnête homme et qu'elle était sa seule raison de vivre ».

Mme Molens avait assisté à toute la scène depuis son balcon. Parfois, il vaut mieux être sourd que d'entendre certaines choses... Son cœur et ses oreilles s'étaient refermés sur ce sombre chapitre de sa vie. Pendant des mois, le lâche séducteur ne monta plus les escaliers au-delà de l'entresol et se bouclait dans la loge quand son ancienne conquête passait dans le hall avec ses cabas ou son caddie écossais, son rouge à lèvres et ses boucles d'oreilles, droite comme un I, malheureuse comme les pierres. Avec le temps, l'affaire se tassa, mais les poubelles de Mme Molens restèrent échouées devant sa porte.

Seules Monique et Diane éprouvaient un peu de compassion et d'indulgence pour l'infortunée Mme Molens, supportant son parfum bon marché (une eau de Cologne siglée du même nom que ses biscuits préférés) et ses miettes éparpillées un peu partout.

Monique était propriétaire d'un F4 au deuxième, juste en dessous de chez Mme Molens, ce qui lui épargnait le spectacle et l'odeur de ses poubelles qui n'incommodaient que les étages supérieurs ; et puis Mme Molens avait été une cliente fidèle de la boutique de Monique à l'époque où le mari de la concierge appréciait les dessous coquins.

Lorsque les petits biscuits apéritifs furent tous grignotés par Mme Molens et que tata Monique eut rangé sa précieuse bouteille de porto dans le buffet bas, sous la télévision, Mme Molens prit congé. Elle avait un peu de savoir-vivre et plus rien dans son verre.

— Je vous laisse entre vous, vous avez sûrement des choses à vous raconter ! Et mon émission préférée va bientôt commencer, dit-elle en regardant son minuscule bracelet-montre plaqué or qui enserrait son poignet depuis sa communion solennelle.

Diane n'avait bu qu'une gorgée, elle avait peu parlé. Lorsque Monique eut bouclé la porte d'entrée derrière Mme Molens, elle trouva sa nièce étrangement pâle sur le canapé fleuri du salon.

— Ça ne va pas, ma poupée ? Tu es fatiguée ?

Diane ne put retenir plus longtemps ses larmes et se réfugia dans les bras de sa tante pour pleurer.

— Oh, mon petit doigt me dit que tu es amoureuse ! Quand on pleure pour un rien, c'est qu'on est amoureux !

Monique n'avait jamais été amoureuse et n'avait jamais pleuré que pour des choses graves. Enfin, c'est ce que croyait Diane qui n'avait connu sa tante qu'à l'aube de la ménopause, entièrement dévouée aux deux seules missions de sa vie : élever sa petite-nièce orpheline et faire tourner sa boutique de lingerie. Maintenant qu'elle fanait vers son soixante-dixième hiver, traînant la jambe sous une hanche foutue, elle aurait voulu tout savoir de l'amour pour dire à Diane ce qu'il convenait de faire. Mais elle n'en avait aucune idée.

Monique avait passé la plus grande partie de sa vie dans sa boutique de lingerie à conseiller des culottes en coton ou des chaussettes en fil d'Écosse, ou simplement à attendre qu'une cliente fasse enfin tinter la porte d'entrée pour acheter une parure entière un peu affriolante pour un anniversaire de mariage à deux chiffres. Monique savait décerner un chiffre et une lettre aux poitrines, comme ça, de visu ! Ainsi, au premier coup d'œil, elle était capable de dire si la factrice faisait un 90B ou un 85C !

— Les femmes achètent leur soutien-gorge toutes seules au supermarché de nos jours ! Moi, je le vois bien qu'elles n'ont pas le bonnet adapté ! Elles confondent largeur du dos et profondeur du bonnet !

Ça, c'était sa marotte : la crise de la profondeur de bonnet !

À cause du self-service en soutien-gorge des supermarchés, Monique avait fini par vendre la boutique qui était devenue en moins de dix jours le royaume du kebab. Le reste de sa vie, elle le passait à lire ou devant sa télé, à boire du café et parfois un porto avec Mme Molens.

Monique s'était lentement transformée en une petite pomme toute ridée et tristement démunie face aux grandes tragédies de l'amour que pouvait éprouver sa nièce.

Diane s'en voulait d'infliger son chagrin à sa chère tante Monique qui l'avait bercée, nourrie, aimée. C'est elle qui avait tenté cent fois de lui apprendre à lacer ses chaussures, acheté des baskets à Velcro –parce que pour les lacets, c'était encore un peu tôt –, qui l'avait aidée à enfiler son cartable, punie quand elle avait coupé les moustaches du chat et mouchée quand son premier amour avait préféré sortir avec Linda qui faisait déjà du 90C le jour de la rentrée des classes de cinquième.

— Elle bourre avec du coton, je te dis !

La vieillesse l'avait cueillie soudain pour l'asseoir à longueur de journée dans un fauteuil grand confort avec dossier inclinable et repose-pieds en velours.

Diane avait vu la douleur de l'âge s'immiscer dans son filet de voix, dans la lenteur de ses gestes, dans la courbure de son dos, dans la poussière des robots de cuisine abandonnés au fond des placards, dans l'absence du chat.

Diane tenta d'essuyer ses larmes, car si Monique était ignorante des tourments de l'amour infligés par les hommes, elle aimait viscéralement Diane et le plus léger de ses soupirs lui brisait le cœur.

15

Portraits de famille

Ce fut lors du premier dimanche chez ses parents que le nouveau Max reprit véritablement contact avec sa généalogie et avec ce « Max d'avant » dont Michèle vantait tant les mérites. La redécouverte de la maison familiale prit des allures de visite de musée. Michèle, en guide érudite, marquait un arrêt solennel devant chacun des tableaux exposés sur les murs du salon :

— Ça, c'est papa, voilà Pierre et Daphné, tes grands-parents, tonton Robert, et là, Marlène.

Marlène était exposée dans le couloir, comme si l'on savait au fond qu'elle quitterait cette famille un jour ou l'autre, le couloir était un emplacement judicieux, cela éviterait de modifier toute la décoration du salon le jour du décrochage.

— Et là, c'est moi !

Michèle trônait au-dessus de la cheminée, les mains croisées sur un tricot posé sur ses genoux.

— Tu as toujours eu la passion de Modigliani, dit-elle en s'essuyant le coin de l'œil avec un mouchoir.

Michèle parlait toujours au passé comme si le « Max d'avant » était mort. Elle expliquait au « Max d'aujourd'hui » qui il avait été et combien elle l'avait aimé et admiré.

— Tu nous avais tous représentés façon Modigliani. Tu étais si doué !

Max, qui espérait secrètement que son talent de peintre ne s'était pas éteint avec sa mémoire, observa les toiles, les unes après les autres. Elles lui étaient familières. Il s'agissait de reproductions des œuvres du peintre Amedeo Modigliani auxquelles il avait ajouté sa touche : les traits de chacun des membres de sa famille. Au bas des portraits, il reconnaissait la même signature que celle qu'il avait tracée sans effort sur les feuilles de soins : Maximilien Piquard.

Il s'attarda un peu dans le couloir : c'était Jeanne, le grand amour de Modigliani auquel Max avait donné le visage de Marlène. Quelques souvenirs commencèrent à perler dans son cerveau. Il aimait ce peintre, connaissait son histoire (mieux que la sienne à cet instant précis). Il se souvenait d'avoir vu l'œuvre originale dans un musée parisien, mais lequel ?

Ce tableau ouvrit la première brèche de son amnésie. Entre Marlène et lui, tout était fini, il en avait souffert bien sûr (bien que le souvenir de cette souffrance n'ait imprimé en lui aucune sensation désagréable capable de surmonter sa période de coma), mais un amour tout neuf avait pris place et cet amour-là battait encore dans sa poitrine. Il se mit à chercher dans toutes les autres pièces de la maison, avec une frénésie soudaine :

— Un nu, une femme brune sur un divan rouge !

— Mais non, je te dis qu'on est tous là ! La seule brune c'est Daphné, là avec le chapeau et l'air pincé ! Manquerait plus qu'un nu dans le salon !

— J'aimerais bien un nu, moi, pour la véranda, osa Michel, avant d'être fusillé du regard par sa femme.

Max était convaincu qu'il manquait un portrait à cette étrange galerie. Il tenta de calmer cet emballement qu'il ressentait régulièrement depuis son réveil. Il s'appliquait à modérer ses élans qui paraissaient absurdes aux yeux de tous et qu'il avait lui-même du mal à comprendre. Il sentait au fond de lui-même un équipage de pur-sang prêt à ruer dans les brancards. Il devait lutter pour serrer les rênes et imposer à sa vie une sage direction et un pas modéré.

Maximilien était effectivement doué pour la peinture depuis son plus jeune âge, il avait suivi les cours des Beaux-Arts de Paris et il s'était pris de passion pour le peintre maudit. Il avait peint des dizaines de Modigliani, à l'huile, à l'acrylique, à la gouache, une véritable industrie ! Il avait étudié l'histoire de l'art puis s'était enfin orienté vers la décoration d'intérieur dont il avait fait son métier (il avait ce projet depuis la classe de troisième). Il continuait à peindre à ses heures perdues, copiant quelques grands maîtres et principalement des Modigliani un peu réinventés avec des ingrédients familiers comme le visage buriné par les rigueurs de l'hiver de tonton Robert. Il avait même imaginé un temps devenir faussaire, mais avait dû renoncer par manque de réseau dans la pègre et parce que, chez les Piquard, on était très à cheval sur l'honnêteté. Fils d'un facteur et d'une secrétaire de mairie, Maximilien se devait d'être exemplaire, ainsi ses talents subversifs étaient-ils restés confidentiels. Mais cela aussi il l'avait oublié désormais.

Sa dernière œuvre était un nu, il en était certain ! Celui de cette femme dont il ignorait tout, mais dont le souvenir diffus ne cessait de le hanter. Elle était assise, la tête penchée sur une épaule, assoupie, une mèche de cheveux courait dans son cou et bouclait la courbure parfaite d'un sein. Il avait encore la sensation du pinceau qui caresse. Un jour, peut-être, il saurait comment la réveiller. Elle dormait paisiblement dans une histoire oubliée. Max aurait voulu se coucher contre elle, poser sa tête sur ses cuisses. Mais Michèle l'appelait déjà pour passer à table.

— Tu restes en bras de chemise ? Je ne te trouve pas très couvert pour la saison !

Hélas, Max avait égaré le beau pull en jacquard que sa mère lui avait tricoté au prix de tant d'efforts, mais l'amnésie de son fils excusait à peu près tout. Elle préféra tenir Marlène pour responsable, car elle aurait quand même pu vérifier qu'il avait bien toutes ses affaires avant de quitter l'hôpital !

Depuis son hospitalisation, Maximilien avait reçu toutes sortes de cadeaux plus ou moins originaux – en plus du pull moutarde, des tulipes et des Lindt cœur fondant de sa mère. Sa famille, ses amis étaient venus déposer, entre ses mains, la manifestation de leur affection sous la forme de petits présents pour lui témoigner le soulagement qu'ils éprouvaient à le voir toujours vivant. C'était quand même une dépense bien plus heureuse qu'une couronne exposée sur du marbre et barrée de regrets éternels. Ce genre d'offrandes réchauffe le cœur plus encore pour celui qui donne que pour celui qui reçoit. Pourtant, l'intention du généreux bienfaiteur ne trouve pas toujours un écho favorable au cœur du bénéficiaire. Michèle Piquard en faisait souvent les frais...

Contre toute attente, les deux cadeaux offerts par Pierre avaient fait mouche ! Grâce au carnet à dessins, il avait immédiatement retrouvé sa vocation pour les aménagements d'espace intérieur et la décoration pour laquelle il avait consacré cinq années d'études supérieures acharnées et fondé son cabinet « PIQUARD CONSEILS & CONCEPT ».

Le deuxième cadeau, Pierre l'avait apporté ce dimanche-là à la table familiale.

On fêtait les deux anniversaires d'octobre chez les Piquard. Les trente ans que Max avait franchis en toute inconscience pendant son coma et les trente-huit ans de Daphné qu'elle n'accomplirait que le mercredi suivant. D'après Michèle, ce dimanche en famille réunissait toutes les conditions d'une fête réussie et permettait de faire d'une pierre deux coups. Elle avait déjà prévu de préparer une tarte aux quetsches parce que tout le monde aime bien ça et que, pas plus tard que la veille, quelqu'un lui avait encore réclamé sa fameuse recette !

Daphné semblait très contrariée. Elle considérait l'absence de Marlène comme un abandon qui la visait personnellement : elle se sentait comme une rescapée des pièces rapportées à la table des Piquard. Elle avait la fâcheuse habitude de camper la victime en toute occasion et elle ruminait le fait que cela porte malheur de fêter les anniversaires en avance. Elle aurait bien aimé avoir une petite surprise rien que pour elle, mais bon, Pierre n'était pas très doué pour épater sa femme... Il fallait bien qu'elle en prenne son parti ! Daphné entendait afficher fermement sa mauvaise humeur et elle avait bien prévenu Pierre qu'à moins d'un séjour aux Maldives, ce n'était pas la peine de lui offrir un cadeau ! Elle comptait aussi esquiver la tarte aux quetsches que sa belle-mère s'entêtait à lui servir à chaque anniversaire. Au cas où les Maldives ne seraient pas tombées dans l'oreille d'un sourd, il fallait qu'elle entre dans son maillot de bain !

Entre le fromage et les quetsches, Pierre avait brandi son cadeau pour Max. Il avait expliqué par le menu, d'un ton ferme, ce qu'il convenait que son jeune frère en fasse.

— Tiens, c'est un livre blanc. Note dedans toutes les choses importantes, les choses à SAVOIR, les choses UTILES. Ça compensera ta mémoire défaillante, ce sera plus facile pour t'ORGANISER.

Pierre jouait à merveille son rôle de frère aîné. Il prenait la tâche très à cœur. Sa haute stature un peu voûtée, comme accablée par le poids de ses responsabilités, contrastait étrangement avec une grande rigidité morale.

Max, qui ne s'offensait jamais de rien, n'avait saisi aucune ironie dans le geste de son frère. Offrir un livre blanc à un amnésique, c'était pourtant un peu cocasse ! Pierre était représentant en fournitures de bureau et les échantillons des grossistes offraient un large choix de cadeaux potentiels pour son jeune frère qui aimait peindre et dessiner. Mais finalement, l'écriture serait peut-être un chemin possible pour reconstituer son histoire (il n'imaginait pas à quel point cela se révélerait déterminant !).

Max avait apprécié le cadeau et ne s'était plus séparé de ce gros cahier rigide à la couverture de cuir.

Cette nuit-là, dans sa chambre du rez-de-chaussée, lorsqu'il fut seul face à lui-même et au presque désert de sa vie passée, Max se mit à caresser ce premier souvenir d'un visage endormi sur les rivages perdus de son histoire. Il eut soudain envie de peindre, il alluma la lampe de chevet, et distingua le livre offert par Pierre, posé sur la table de nuit.

Sans prendre la peine de mettre ses lunettes, il traça sur la page blanche, dans le brouillard de sa myopie, ces quelques lignes impressionnistes en forme de poème japonais :

« *Tout s'est tu, où es-tu ?*
Plus que tes pas.
Vers où ? »

Max tentait de retrouver son chemin vers la beauté.

DEUXIÈME PARTIE

I

Ce qui reste

Il avait fallu une année entière. Les souvenirs obstinés de Maximilien étaient presque tous revenus, parfois un à un, sur la pointe des pieds en un long défilé vintage, parfois en une de ces vagues brutales qui viennent gifler le visage et qui chamboulent tout. Ces raz-de-marée le laissaient exsangue, le visage trempé, le souffle coupé.

C'est ainsi qu'un mercredi après-midi de la fin juillet, presque un an après son coma, une rafale douloureuse s'abattit sur Max.

Il était assis au jardin du Luxembourg, face au toboggan. (C'est lui qui veillait sur les petites pendant la semaine aux Maldives de Daphné et Pierre. Sa belle-sœur avait dû patienter plusieurs mois, mais elle avait obtenu gain de cause !)

Le parfum d'une pipe, transporté par une brise légère depuis le banc d'à côté, le frappa au cœur. L'effluve invisible charriait tout un cortège déchirant : la chambre vide de son grand-père trois ans plus tôt, le petit bruit aigu que faisait sa grand-mère en souffrant. Elle n'avait pas eu la force de continuer sans lui, elle était partie elle aussi, la même semaine, parce qu'ils avaient toujours été deux et que sans le compagnon de sa vie, elle ne savait plus respirer. Elle avait bien essayé, deux jours entiers, mais ce petit bruit aigu dans sa poitrine lui criait d'arrêter. C'est Maximilien qui l'avait trouvée, assise sur le canapé, les yeux ouverts sur l'absence, sa main droite toute ridée posée sur l'alliance incrustée dans sa chair, comme pour continuer à la caresser. Maximilien se souvint de son chagrin, dans l'église glaciale, au moment où il s'était incliné sur les deux cercueils réunis devant l'autel. Comme ils s'étaient aimés, ces deux-là !

Maximilien croyait à l'amour parce qu'il l'avait longuement contemplé dans le salon de ses grands-parents enlacés durant une vie entière, unis jusqu'au trépas. Le couple idéal qu'ils avaient formé s'était imposé pour lui comme une sorte de Graal qu'il comptait bien poursuivre jusqu'à l'atteindre pour lui-même. Désormais, Max ne se contenterait plus d'unions imparfaites comme celle de ses parents dans laquelle son père s'était simplement effacé, comme celle de Pierre et Daphné, qui prenait l'allure d'un long chemin de croix ponctué de genoux à terre, des Yvelines jusqu'aux Maldives.

Son histoire avec Marlène lui avait servi de leçon. Elle avait été un choix facile, fait trop vite, trop jeune... Il croyait à l'amour d'une vie, celui qui ne souffre aucune comparaison parce qu'il est forcément unique. Il ne pouvait y en avoir qu'une, et ce n'était pas Marlène. Avoir frôlé la mort lui avait insufflé un nouvel appétit de vivre et avait réveillé le souvenir de l'amour de ses grands-parents qui lui apparaissait comme un signe.

La terrible plainte qu'il avait entendue s'élever des soupirs de sa grand-mère, c'était le bruit des baisers qui lui restaient à donner et dont elle ne savait plus que faire. Maximilien, lui aussi, en avait un, coincé là, au bord des lèvres, prêt à bondir. Il ne restait plus qu'à savoir vers qui.

— Tu pleures, tonton ? Les garçons, ça ne pleure pas !

— C'est la pipe du type, là, ça me pique les yeux ! Allez ! On bouge, il fait froid. Je vous offre des gaufres au Nutella ?

Elles hurlèrent ensemble en se mettant à courir :

— Oh oui !

Les enfants ont cette aptitude au bonheur capable de balayer toutes les craintes. Les filles trottinaient au loin sur le chemin de graviers en poussant des cris de joie. Maximilien les suivit en déroulant ses pas lentement, la tête dans ses pensées.

Si cette femme existait et que ce baiser était pour elle, elle reviendrait le chercher et s'il le fallait, il écumerait la Terre entière !

Après la gaufre, Maximilien passa à l'agence immobilière dans le XVe arrondissement dans laquelle son appartement était en gérance depuis son hospitalisation. L'aberrante cohabitation avec Marlène devait cesser.

— Je souhaite reprendre possession de mon logement pour mon usage privé.

2

LES SENTIMENTS

Une année entière, est-ce suffisant pour oublier que le bonheur vous a frôlé et que vous l'avez laissé passer ? Même si la vie lui faisait mille nouvelles propositions, le souvenir de Max continuait à trotter dans le cœur de Diane. Elle avait l'émotion tenace.

Bien sûr, elle n'y pensait pas tous les jours, car depuis qu'elle avait obtenu ce petit rôle au cinéma, les choses s'étaient très vite enchaînées et sa carrière prenait enfin la tournure espérée. Elle avait maintenant un agent, et dans les books de sélection et les castings, son visage commençait à compter parmi les actrices susceptibles d'obtenir un bon contrat. Oh, bien sûr, ce n'était pas encore la notoriété ni la gloire ! Mais Diane commençait à en vivre honorablement. En un an, elle avait multiplié les apparitions à l'écran et parmi les cinéphiles les plus avertis, certains étaient capables de la reconnaître et même de la nommer. Tess n'hésitait jamais à la recommander auprès de ses connaissances et les deux amies d'école primaire s'apprêtaient à jouer enfin dans la cour des grandes.

Côté cœur, depuis qu'elle avait emménagé dans le XVe arrondissement de Paris, Diane avait trouvé dans les bras de Régis, l'épicier bio de la rue Cambronne, une bonne échappatoire à la médiocrité de sa vie sentimentale. Côté corps, elle avait raison, et cette liaison – soi-disant sans lendemain – semblait plutôt prospère. Les deux amants se retrouvaient les lundis et les jeudis, à heure fixe depuis un mois et demi, avec le même enthousiasme que celui que l'on éprouve les premières semaines d'inscription à un nouveau cours de pilates ou de Country.

Cependant, le souvenir de Max revenait dans la vie de Diane comme un refrain que l'on fredonne sans jamais parvenir à s'en défaire.

« *Io non dormo e penso a te*[*]... », continuait à susurrer la voix de Lucio Battisti sur le CD que Max lui avait offert et qu'il lui arrivait encore d'écouter au milieu de la nuit.

Diane connaissait bien les moments qui réveillaient la mélodie dans son cœur, comme l'observation d'un tableau de Modigliani par exemple. Mais pour cela, il fallait aller dans un musée, ou feuilleter un livre d'art. Au début, elle l'avait fait pour revivre les instants de sa présence, puis elle avait renoncé. Elle avait aussi cessé de fréquenter les boîtes à livres, mais celles-ci surgissaient régulièrement au coin des rues, dans les jardins... Diane passait son chemin. Et, évidemment, il y avait le visage

* « Je ne dors pas et je pense à toi », paroles de la chanson : « E penso a te », Giulio Rapetti/Lucio Battisti (album : *Unimamente uomo*, 1972 ©Sony Music).

de Foenkinos dans les journaux ! Bien sûr, elle tâchait de l'éviter. Elle avait gardé quelque temps la photo dans son portefeuille puis elle avait jugé plus sain de s'en séparer. Les deux hommes se superposaient comme au premier jour. Pour oublier l'un, il fallait ignorer l'autre. Elle n'avait d'ailleurs pas lu son dernier roman. Diane s'efforçait de lutter contre la mélancolie. Sa vie lui faisait tant de nouvelles promesses. Elle combattit aussi hardiment que possible ce petit romantisme lancinant qui l'attachait encore à Max, l'absent, le disparu qui continuait à imposer sa présence fantomatique.

Diane rangea le CD de Lucio Battisti dans sa pochette de carton et l'enfouit dans le sac plastique où elle avait rassemblé tous les volumes de Foenkinos ainsi que les lettres de Max. Voilà tout ce qui restait : des chansons et du papier. Si elle arrivait à se défaire de ce fardeau de souvenirs enveloppés dans du plastique rose, le reste du chemin serait sans doute plus léger...

Pourtant, il subsistait bien quelque chose d'immatériel qui chatouillait encore, là en plein milieu du cœur, comme une cicatrice ancienne.

Les dates anniversaires servent de cénotaphes à nos amours perdues, elles sonnent les rappels.

Il y avait d'abord eu la date de la rencontre au plus fort de l'été, Diane était encore allée flâner du côté du Luxembourg. Elle avait même cru l'apercevoir au loin, mais non, c'était un papa qui régalait ses deux fillettes de gaufres abondamment tartinées de Nutella. À croire que les grands bruns, bouclés, barbichus à lunettes couraient les rues ! Diane avait l'habitude de ces mirages à chaque fois que l'un d'entre eux traversait son horizon.

Puis il y avait eu ce 3 octobre. La date du rendez-vous manqué. Diane avait senti monter un désir comme une urgence : se rendre à Senlis ! Peut-être serait-il enfin là ? Et s'il s'était trompé d'une année ? Elle se souvenait qu'il était maladroit et puis elle avait bien le droit de rêver…

C'était facile, maintenant qu'elle habitait à Paris. Elle avait une voiture, cela ne prendrait qu'une heure ou deux, juste le temps d'en avoir le cœur net et peut-être enfin pourrait-elle, tout simplement, tirer un trait définitif sur cette histoire absurde.

En ce jour maussade d'octobre, Tess devait venir l'aider à apprendre une scène dont le tournage était programmé pour le lendemain. Mais Diane lui téléphona tôt le matin pour annuler la répétition. Un tout autre scénario se déroulait dans sa tête.

Comme dans les différentes phases d'un deuil, Diane avait d'abord ressenti la tristesse, le manque, puis était venue un peu de colère et finalement, elle en avait discrètement voulu à son amie Tess qu'elle considérait en partie responsable de l'échec de son histoire. Bien sûr, elle ne lui en avait jamais fait le reproche, et Tess n'avait aucune idée du petit ressentiment que sa plus chère amie nourrissait en secret. Diane s'en voulait d'avoir laissé germer cette pensée au fond d'elle-même. Elle savait que c'était injuste, mais il est toujours assez commode de se convaincre que nos échecs ne sont pas entièrement de notre fait.

Diane soulageait sa conscience en accusant les circonstances, la malchance, le hasard, les anges défaillants… et Tess l'étourdie ! Car c'était bien une des habituelles étourderies de Tess qui avait provoqué un enchaînement de situations...

Diane descendit au parking du troisième sous-sol et démarra sa jolie Fiat 500 flambant neuve que ses premières vraies rémunérations d'actrice lui avaient permis de s'offrir à crédit. Elle jeta sur le siège passager le sac à souvenirs empli de Max pour tout bagage. Ce serait sans doute le dernier voyage.

Elle régla le GPS : Senlis. Centre-ville. L'ange miniature en caoutchouc, suspendu par ses ailes au rétroviseur, se mit à danser quand Diane enclencha la marche arrière. Lorsque la voiture sortit du ventre de la terre, la voix impassible annonça :

— Continuez tout droit sur deux cents mètres, puis virez à droite.

Diane aurait pu taper « Max » sur l'écran tactile, elle imagina le faire puis haussa les épaules, elle avait toujours des idées de petite fille farfelue. Les GPS de voiture ne connaissent rien aux voies du cœur. Leurs injonctions laconiques ne vous guident jamais que sur des routes bornées. Les GPS ne fréquentent pas les anges, ils se contentent d'obéir aux satellites dociles qui tournent inlassablement autour du monde pour n'indiquer que des destinations sans surprises.

3

Rénovation

Bonne-Nouvelle, le duplex de Mme Joyaux était entièrement restructuré. Ce chantier ouvert à la veille de son coma avait pris du retard mais, depuis la fin de son arrêt maladie (qui n'avait duré qu'une dizaine de jours après l'hospitalisation), Maximilien s'était jeté corps et âme dans ce projet.

Il livra l'appartement, un an jour pour jour après la commande. Il avait dû endurer les caprices de sa cliente, mais cet aboutissement coïncidait pour lui avec l'achèvement de ses réparations intimes. Son travail acharné dans cet immense logement vide l'avait aidé à reconstruire sa vie, son histoire, son passé. Il avait rénové l'appartement et presque tout retrouvé de sa mémoire.

Sauf sa brune.

Pourtant, son âme, il avait bien failli la perdre à cause de cette riche femme d'affaires, qui avait fait fortune dans le commerce des faux cils magnétiques (l'indigence du poil oculaire étant devenue une des grandes priorités de la jeunesse de l'hémisphère Nord). Elle disposait d'autant d'idées saugrenues que de possibilités financières pour les réaliser. Maximilien avait conçu l'aménagement intérieur des deux immenses plateaux nus de cent quatre-vingts mètres carrés chacun, sur deux niveaux. Mme Joyaux lui avait aussi confié la décoration de ce « petit pied-à-terre » parisien qu'elle envisageait d'occuper une semaine par an pour la Fashion Week. Mais cette année, hélas, ses affaires la retenaient ailleurs sur la planète. Elle viendrait sûrement l'année suivante... Cette femme exigeante, autoritaire, et dépourvue de tout sens esthétique, transmettait ses directives à Max par l'intermédiaire de la charmante Karin, irremplaçable gérante de ses biens immobiliers parisiens. Maximilien n'avait d'ailleurs jamais vu Mme Joyaux. Après le rendez-vous manqué avec la maîtresse d'œuvre, le jour de son AVC, il n'avait jamais eu affaire à personne d'autre que Karin (Karin sans « e », comme Karin Viard).

Karin était la première désolée des directives imposées par la propriétaire. Elle lui avait annoncé, un peu gênée, la liste des seules couleurs tolérées : « Rose, rose poudré, vieux rose, rose pâle, fuchsia, magenta, parme, éventuellement mauve. »

Passé l'instant de sidération, Maximilien avait éclaté de rire, embarquant Karin dans cette juste rébellion contre le mauvais goût.

— Ce n'est pas un appartement qu'elle veut ! C'est une bonbonnière !

— Ou la maison de Barbie !

Karin plissait si joliment les yeux derrière son rire sincère, élégant, que Maximilien en était troublé.

Il lui avait demandé à plusieurs reprises :

— On ne s'est jamais rencontrés avant ? Vous êtes sûre ?

Mais non ! Elle lui avait même glissé gentiment que cette technique de drague était un peu éculée et qu'elle était mariée, il n'y avait rien à faire... Karin, belle, distinguée et fine mouche, partageait les mêmes dépits que Maximilien au sujet de la décoration de l'appartement, mais leur complicité s'arrêtait là.

D'ailleurs, même si Karin était brune, elle portait les cheveux très courts à la garçonne et ne chaussait jamais de talons. Elle sillonnait la capitale sur sa bicyclette électrique. Or, Maximilien n'en démordait pas : la femme qui le hantait marchait sur des pavés – il entendait encore ses talons résonner sous ses pas. Parfois, elle était assise sur un divan rouge, nue, ses boucles noires tombaient en cascade sur ses épaules, elle avait la tête penchée sur le côté et elle fermait les yeux. Max avait l'érotisme fertile, et il aimait imaginer que la relation avec cette femme avait forcément été torride. Il la fantasmait beaucoup parce qu'il n'avait rien pu savoir de vraiment concret à son sujet. Les six mois qui précédaient l'AVC restaient encore immergés dans un presque néant.

Il y avait un baiser, là, suspendu dans l'espace et le temps entre elle et lui. Ce baiser, un jour, il le lui donnerait ! C'était une idée fixe, une idée un peu folle, mais Max y croyait. Quels que soient les contretemps, il trouverait le chemin qui le ramènerait à ce baiser en instance.

L'appartement guimauve de Mme Joyaux fut livré quelques heures avant les conclusions du neurologue :

— Votre excellente plasticité cérébrale vous a rendu votre passé, monsieur Piquard !

— Mais je n'ai toujours pas récupéré les six derniers mois avant l'AVC.

— Le plus gros est fait. Vous êtes jeune, qu'est-ce que « six mois » dans une vie ? Bonne continuation, monsieur Piquard. Non, je ne prends pas la carte bleue, désolé.

Maximilien imaginait que les dates anniversaires offraient une faille dans le déroulement mécanique du temps. Elles étaient l'occasion non seulement de fêtes surprises organisées par des copains sur un coin de comptoir, la réalisation de vœux formulés comme des bouteilles à la mer – les Maldives de Daphné valaient pour preuve – mais aussi l'irruption dans le quotidien de quelques coïncidences magiques.

Le jour où le neurologue avait annoncé à Maximilien qu'on était arrivé au bout de ce que la médecine pouvait pour lui, ses yeux étaient tombés par hasard sur l'éphéméride publicitaire posée sur le grand bureau laqué. Pour se distraire un instant de la sentence des « six mois » définitivement perdus, il lut la page du jour : « Barre de barler gobe ça ? Dolirhume ! Le 3 octobre ». Il n'y avait pas pensé depuis le matin, mais oui ! C'était bien la date anniversaire de son AVC ! Il avait lu cette date partout dans les comptes rendus médicaux à son sujet, on en parlait dans la famille comme d'une date fatidique. C'était la journée noire, celle qui s'était brutalement interrompue un an plus tôt au métro Bonne-Nouvelle. Manolo lui avait raconté tous les détails de ce 3 octobre. Il fallait qu'il refasse le trajet, il devait transformer l'essai.

Comme pour conjurer le sort, vérifier que la foudre ne tombe jamais deux fois au même endroit, ou peut-être par jeu, Maximilien se précipita dans la première bouche de métro en sortant du cabinet du neurologue. Il songeait en secret à ces personnages de dessins animés, un peu loufoques, qui prennent un coup sur la tête et se retrouvent dans un monde chamboulé, et soudain un deuxième coup au même endroit leur rend toutes leurs facultés. Et si ça pouvait marcher un 3 octobre sur la ligne 8…

Le wagon était bondé, il avait fallu relever le strapontin et se tenir debout. Max faisait corps avec une sorte de fakir enturbanné qui sentait le curry. Il évitait de croiser son regard hypnotique. On avait tous les ingrédients du dessin animé ! Bonne-Nouvelle, Bonne-Nouvelle. Il ne se passa rien. Maximilien décida de descendre à Strasbourg. Le fakir lui emboîta le pas. Il erra un instant sur le quai, imagina que c'était sur ce siège en coque de plastique que Manolo et les deux Chinois avaient dû le déposer, que les pompiers étaient sûrement arrivés par là et que les rames avaient continué à se succéder comme si de rien n'était.

Le sortilège n'avait pas eu lieu. Peut-être fallait-il respecter l'horaire précis… Max n'avait jamais eu l'idée de demander cette information à Manolo, seul témoin de l'événement. En revanche, son ami lui avait parlé du rendez-vous à Senlis où il était censé se rendre ce jour-là. C'était le bon moment, il fallait qu'il y aille, là, tout de suite, pourquoi n'y avait-il pas pensé avant ? Max se mit à courir après la magie.

4

Imposture

Sur la route pour Senlis, au volant de sa petite Fiat, Diane se rejoua le film du jour où elle avait rencontré Max au musée.

Tess était partie pour des vacances avec son amoureux du moment (Diane ne se souvenait plus duquel il s'agissait ; Tess non plus), à Sanary ou à La Ciotat, bref sur un rivage quelconque de la Méditerranée... L'escapade avait été médiocre, il avait plu, en plein mois de juillet ! Et le garçon en question avait perdu tout son charme, en short sous les trombes d'eau, face à la mer démontée. Il faut bien quelques ingrédients de base pour que Cupidon bande son arc : ciel bleu, mer verte, sable blanc... C'est étonnant comme la mémoire peut être sélective, elle se comporte en un fin tamis qui ne conserve que les informations cruciales (le facteur météo semblait plus mémorable que le pauvre garçon en question).

Quant à Diane, elle avait gardé de ce jour d'été parisien un souvenir fidèle. Elle s'était remémoré cent fois, mille fois peut-être, l'étrange rencontre avec celui qu'elle croyait être David Foenkinos.

Elle avait quitté l'appartement de Tess en fin de matinée après l'avoir entièrement retourné. Impossible de retrouver son téléphone portable. Pourtant, Diane était ordonnée, elle était sûre de l'avoir laissé branché à la prise de la cuisine sur la petite table pliante. D'ailleurs, le chargeur était encore là. C'était facile à comprendre : Tess l'avait emporté par erreur ! Elle était tête en l'air, toujours en retard, et surtout, elle n'était pas du matin ! Elle avait simplement pensé qu'il s'agissait du sien en l'empochant à la va-vite de peur de louper son train de 7 h 12 devant lequel piétinait Romain, Rémy ou Ryan. Elle ne se rendrait compte que deux jours plus tard qu'elle était en possession de deux téléphones : le sien et celui de son amie, puis elle finirait par le perdre définitivement dans une boîte de nuit de Cassis, ou d'Aubagne.

Heureusement, Diane avait noté sur un carnet toutes les informations pour son arrivée sur le tournage de la série le lendemain ainsi que les coordonnées de la production. Elle téléphona à Monique depuis un café pour lui expliquer qu'elle n'était plus joignable, c'est elle qui appellerait en attendant de trouver une solution.

Elle avait passé une partie de l'après-midi à lire au jardin du Luxembourg avant d'entrer dans le musée sur les recommandations de l'homme au chapeau.

Des situations gênantes, des figures ridicules, des impostures… Diane y était exercée depuis son plus jeune âge. Pourtant, cette fois-ci, elle avait cru mourir de honte. Un frisson au bas de la colonne vertébrale, les jambes en coton et le feu aux joues, elle avait bafouillé quelques excuses :

— Je suis vraiment désolée, je ne sais pas pourquoi, je vous ai pris pour un autre.

— Vous avez vu celui qu'il vous plaisait de voir. C'était très agréable pour moi. Je regrette beaucoup d'avoir brisé le charme ! On dirait que pendant plus de cinq minutes, j'ai été l'homme de votre vie, non ?

— Sans aller jusque-là, c'est un auteur que j'adore, et il est vrai que vous lui ressemblez beaucoup. Vous avez dû me trouver stupide ?

— Non, plutôt touchante. Il en a de la chance mon sosie de déclencher une telle passion !

— On l'appelle le *french lover* de la littérature, dit-elle en baissant les yeux, comme pour excuser sa fougue.

— Je serais bien capable moi aussi d'écrire un roman pour vous plaire !

Il était évident que l'imposteur voulait exploiter le filon. Mais c'était de bonne guerre. Diane se laissa inviter à prendre un verre dans une brasserie toute proche. Après tout, c'est elle qui l'avait abordé, elle n'osa pas se défiler.

Se montrer ridicule, c'est comme s'offrir nu et vulnérable. La méprise de Diane avait subitement créé un lien de familiarité entre eux. Max avait su la ramener très délicatement au rivage de la réalité. Non, il n'était pas David Foenkinos, il s'en était presque excusé, comme si n'être que lui-même à cet instant précis était une faute de goût de sa part. En lui tendant la main, il avait juste dit :

— Il paraît qu'on a sept sosies, je dois être l'un d'entre eux... Je m'appelle Maximilien, Max pour les intimes.

— Va pour Max !

Diane avait déjà fracassé les barrières de l'intime au moment où Kevin l'avait propulsée contre l'épaule de Max à l'intérieur du musée. Prendre un verre n'engageait à rien. En marchant vers la brasserie, elle se demanda si c'était l'auteur fantasmé ou cet inconnu qui provoquait une envolée de papillons au fond de son ventre.

5

SENLIS

Maximilien n'aimait pas cette période de l'année pour une raison : il n'était pas très tard, mais il faisait déjà presque nuit. Il se trouvait là, sous un crachin léger, à Senlis, pile un an après le rendez-vous que ce maudit AVC l'avait empêché d'honorer. La ville affichait un charme incontestable avec ses pavés et ses vieilles pierres. Les réverbères diffusaient un halo jaune étouffé dans la brume qui ajoutait au mystère. Il ne savait pas vraiment où aller. Il arpenta les rues, croisa quelques passants qui pressaient le pas pour s'engouffrer dans de jolies maisons d'autrefois. Ici une placette, là un jardin clos, un cul-de-sac, l'imposante cathédrale, une rue commerçante. Rien ne lui parut familier, mais il aimait l'ambiance de ce petit centre-ville recroquevillé dans le berceau d'une histoire millénaire. Max pensa qu'elle ferait un parfait décor de cinéma.

Tout à coup, il se souvint.

Bien sûr ! Il avait passé trois semaines à Senlis alors qu'il était adolescent ! Stage de troisième sur le tournage d'un film et naissance d'une vocation : plus tard il créerait des décors, pour le cinéma ou pour la vraie vie !

C'est après l'épisode de Senlis qu'il avait eu l'idée de demander à la conseillère d'orientation de son collège comment faire pour devenir décorateur. Elle n'en avait aucune idée, mais elle lui avait conseillé une brochure de l'Onisep sur les métiers d'art puisqu'il avait coché : « J'aime peindre et dessiner » dans son test de personnalité. L'Éducation nationale a cet étrange pouvoir d'encadrement, c'est le royaume des cases ! Max avait eu la chance d'y trouver la sienne.

Ce sont Pawel et Viktor, qui travaillaient sur les décors du film en tant que menuisiers pour les travaux d'installation des décors, qui lui avaient vraiment donné le goût du métier. Il les avait revus quelques fois à Paris pendant ses études, puis les deux hommes étaient repartis pour s'établir définitivement dans la banlieue de Varsovie d'où ils étaient originaires.

Et si ce fantôme d'amour n'était que les vestiges d'une histoire de jeunesse, les souvenirs de ses premiers émois de collégiens ? Virginie, Laure, Charlotte, Andréa, Anaïs... lui revinrent en mémoire, appareils dentaires, taches de rousseur, boutons d'acné... Non, ce n'étaient pas elles !

Le plan du centre-ville de Senlis sortit enfin du brouillard de sa mémoire (et de ce jour d'octobre). Il y avait une boîte à livres par là... Max s'en souvenait maintenant, il l'avait fabriquée lui-même avec quelques conseils donnés par Pawel ou Viktor. (Les deux frères étaient jumeaux et les trois semaines de stage n'avaient pas suffi pour que Max puisse les différencier.)

Max ne savait plus vraiment où cette boîte se trouvait, mais ses pas suivirent son flair.

La fraîcheur du soir lui traversait les os. Sa mère aurait pesté : il n'était pas assez couvert...

Soudain, Max sursauta.

Des bruits de talons sur les pavés ! Là, juste derrière lui, ils arrivaient à sa hauteur.

Il laissa la mince silhouette noire le dépasser et se mit à la suivre. Elle était superbe et chaloupait son étroit bassin au-dessus d'interminables bottes. Elle avait le visage à demi enfoncé dans une casquette de velours noir qui protégeait de la pluie ses longs cheveux lissés. Elle portait des paquets d'une main et se mit à répondre au téléphone de l'autre. Elle parlait très fort. Maximilien apprit tous les détails de son après-midi shopping et la somme exacte de ce qui avait été dépensé pour chacun des articles d'une si excellente qualité, beauté et prestige de marque qu'ils valaient tous les sacrifices ! Max, frigorifié, avançait comme un automate et lorsque la jeune femme stoppa net devant le phare aveuglant d'un scooter qui surgit de l'obscurité, il ne put éviter de la bousculer. De surprise, elle lâcha tous ses trésors.

— Oh ! Je suis désolé, je suis distrait. Pardon ! Je vous aide à ramasser !

Pendant qu'il se penchait sur les sacs en carton éparpillés sur le trottoir, elle le scruta avec étonnement :

— Max ?

Le cœur de Maximilien se mit à battre à tout rompre. Il essaya de se calmer. Ce serait trop bête de faire un infarctus pile un an après son AVC !

— On se connaît ?

Il posait toujours cette question aux personnes qui le saluaient avec l'apparente assurance de vieux amis. Ceux qui n'étaient pas au courant de son amnésie pouvaient parfois s'offusquer de sa réserve qui passait pour de l'arrogance, mais ceux qui le connaissaient bien imaginaient qu'il blaguait, car ils savaient Max incapable du moindre dédain.

La jeune femme enleva sa casquette qui noyait son visage dans l'obscurité :

— Je suis Marcia !

— Marcia Baïla* ?

— Vous êtes drôle ! Évidemment, j'adore danser, je suis brésilienne ! Dès que j'entends trois notes, c'est parti !

Elle se dandina en chaloupant son bassin sur quelques pas de salsa, sur le trottoir, sous une pluie qui commençait à tomber plus dru. Mais l'air ahuri de Max l'incita à ajouter avec son joli accent dansant lui aussi :

— J'habite dans l'impasse, là-bas. Nous avons bavardé ensemble quelquefois l'année dernière.

Maximilien ne comprenait rien. Il se sentit dépourvu comme le jour de son réveil après le coma.

Marcia, en enfilant à nouveau sa casquette pour protéger son lissage de l'humidité, observa Max, elle sembla soudain inquiète :

— Vous n'avez pas l'air bien, vous avez froid, je crois, vous n'êtes pas très couvert. Venez ! Il pleut vraiment maintenant.

Maximilien s'était mis à trembler et même s'il essayait de résister au froid et à la stupéfaction, sa mâchoire inférieure n'en finissait plus de vibrer.

---

* Titre d'une chanson du groupe Les Rita Mitsouko.

Ils se mirent à courir tous les deux vers un petit salon de thé qui faisait l'angle.

La serveuse les accueillit en les saluant chaleureusement. Elle cligna de l'œil :

— Salut, Marcia ! Deuxième pause-café de la journée ? Bonsoir, Maximilien, ça fait un bail, dites donc ! Un an au moins !

Max tomba littéralement sur la chaise que lui désignait la serveuse. Et bredouilla :

— Oui, j'ai été malade...

Il n'était donc pas totalement anonyme dans cette ville ! Et il était bien là l'année précédente et pas seulement l'année de ses quinze ans.

Après un rapide bilan de santé qui éclaira les deux jeunes femmes sur son état de sidération, Marcia lui restitua une petite part de la mémoire qui lui avait échappé.

— Il y a une boîte à livres dans mon impasse. Moi, j'habite là depuis cinq ans, elle était déjà là quand je suis arrivée. Mais personne n'y venait jamais, c'est une impasse. Nous ne sommes que deux riverains. Avant, il y avait une entreprise de menuiserie, deux Polonais à ce qu'il paraît, mais c'était déjà fermé quand j'ai emménagé. Bref, pour vous dire la vérité, moi, je ne l'aurais même pas remarquée cette boîte, car elle est cachée sous un lierre. C'est vous qui me l'avez fait découvrir quand vous êtes venu dans l'impasse la première fois, l'été dernier.

Max avait beau se concentrer, rien ne revenait de l'année précédente. En revanche, il visualisait maintenant parfaitement la boîte à livres qu'il avait lui-même fabriquée quinze ans plus tôt, elle était effectivement tout près d'un lierre qui dévorait déjà le mur à l'époque. Il se souvenait des entailles râpeuses dans le bois et de ce parfum de forêts nordiques qui envahissait l'atelier des deux frères lorsque la scie tranchait les planches neuves. Max était même capable de ressentir un peu de cette fierté éprouvée quand Viktor (ou Pawel) l'avait installée dans la petite niche du mur, en prononçant un discours d'inauguration très solennel au rythme dansant sur les *r* roulés d'une valse polonaise.

— Maximilien, voici ta première création ! Une armoire de rue ! Boîte à trésors, à biscuits, à lettres, à livres... Ceux qui possèdent quelque chose pourront l'offrir ici, ceux qui ne possèdent rien pourront venir se servir.

Cette boîte était l'expression du « Solidarność senlisien ». Viktor et Pawel avaient un jour éprouvé la faim et le manque. C'est eux qui avaient eu l'idée que Max réalise ce meuble avec quelques chutes de bois, deux charnières de métal et une petite porte vitrée : un placard à échanges, un lieu de solidarité.

— Un jour, peut-être, une femme y déposera son cœur, qui sait ? avait ajouté l'autre frère, vaguement poète.

Ils étaient tous les deux vieux garçons, mais devaient continuer à rêver secrètement que l'amour des jolies femmes s'offrait au hasard des coins de rue, sous les lierres...

Ce premier petit travail manuel rendit Max très fier ! L'école ne lui avait encore jamais donné l'occasion d'éprouver cette satisfaction créatrice, car il faisait partie de la première génération de collégiens qu'une malheureuse réforme de l'Éducation nationale avait privée des formidables cours d'EMT* – véritable laboratoire à chefs-d'œuvre en tout genre ! Maximilien Piquard, élève de troisième D, était doué de ses dix doigts et faisait œuvre de charité. Peut-être même que grâce à lui, quelqu'un, un jour, trouverait l'amour ! En attendant, il avait déposé dans la boîte le volume du Cid qu'il trimballait depuis des jours dans son sac à dos de collégien (sa mère lui rappelait tous les matins qu'il devait le finir pour le lundi d'après), car très franchement il n'avait pas accroché, et un copain lui avait déjà donné le résumé, alors, à quoi bon s'épuiser au-delà du premier acte si ça pouvait faire le bonheur de quelqu'un d'autre ?

Marcia voyait bien que Max essayait de rassembler ses souvenirs. Il avait le regard perdu dans le vide.

— Pourtant, vous y veniez tous les samedis, l'année dernière ?

— ...

— Et souvent, vous preniez un café ici ! ajouta la serveuse.

— Mais je venais y faire quoi ? Vous le savez ?

— Vous déposiez des lettres et elle passait les récupérer dans la semaine. C'était votre poste restante en quelque sorte ! expliqua Marcia.

— *Elle* ?

— Votre amie !

— Quelle amie ?

* Éducation manuelle et technique, discipline hélas disparue au profit de la « techno ».

— Celle de votre rendez-vous d'aujourd'hui bien sûr ! Qui voulez-vous que ce soit ? Elle était là aujourd'hui. C'était bien pour vous y retrouver ?

6

Sosies

Ce fut comme une éclipse.

Max avait fait son entrée dans la vie de Diane, occultant soudain la lumière de Foenkinos.

Arrivés dans la brasserie, Max et Diane se tutoyaient déjà.

— Je dois reconnaître que c'était bien agréable de profiter quelques instants de toute cette admiration, tous ces compliments qui ne m'étaient pas destinés ! Tu m'es tombée dessus comme un cadeau du ciel, le cadeau d'un ange facétieux. Je dois t'avouer que je n'ai jamais lu aucun livre de cet auteur qui a l'audace de tant me ressembler ! Mais je commence déjà à le détester. Voilà qu'il me pique mes potentielles histoires d'amour !

— Je vous sers quoi les amoureux ? lança le serveur un peu lourdaud.

Max sourit en regardant Diane, l'air contrit :

— Je suis désolé.

— « L'amour, c'est n'avoir jamais à dire qu'on est désolé ! », souffla Diane, très vite, comme si cette réplique lui offrait une esquive.

— *Love Story*, répliqua aussitôt Max, saisissant au vol la citation de Diane. Il frappa la table du plat de la main comme s'il appuyait sur un buzzer imaginaire.

Le barman se sentit fier de son flair infaillible à repérer les tourtereaux. Il revint servir deux cocktails aussi orange que le souvenir seventies de *Love Story*, autour desquels Diane et Max firent la paix sans jamais avoir fait la guerre.

— Tu sais que j'ai un autre sosie ?

— Tu ressembles aussi vaguement à Julien Clerc..., dit-elle en fronçant les sourcils pour tenter de saisir quelques traits communs dans son visage.

Décidément, elle dut admettre qu'elle ne voyait en lui que des idoles !

Elle ajouta avec un peu de malice :

— Je connais toutes ses chansons par cœur !

— Je suis vraiment ton genre d'homme on dirait ! Eh bien, tu ne crois pas si bien dire ! Ma grand-mère disait toujours que je ressemblais au Julien Clerc italien : Lucio Battisti, tu connais ?

— Non.

Max fit défiler quelques pages lumineuses sur son portable pour lui montrer une vieille photo du chanteur transalpin qui datait des années soixante-dix.

— Oui, il y a quelque chose, c'est vrai.

Max se mit à rire :

— Bref, je ressemble à tous les types connus qui ont les cheveux frisés !

— Non ! À David Foenkinos, c'est le plus flagrant !

Diane avait besoin de minimiser sa méprise. Il y avait quand même de quoi se tromper, non ?

Le roman que Diane avait achevé de lire l'après-midi même était posé sur la table, à côté du plan du musée.

— Tiens, je te l'offre. Ce sera l'occasion de découvrir ce qu'écrit ton sosie !

— Merci, mais je tiens à te le rendre quand je l'aurai fini. Comme ça, je te dirai si cet auteur vaut toute ton admiration, s'il vaut mieux que moi en somme...

— Demain, je pars pour Senlis, je tourne dans une série télé. Et en plus, je n'ai plus de portable, je ne suis pas joignable.

Max pensa que c'était une excuse, mais il tenta quand même :

— Je connais bien Senlis. Tu vas rire : j'y ai fait mon stage de troisième ! Je n'y suis pas retourné depuis une éternité. On pourrait se donner rendez-vous là-bas, je viendrai te retrouver.

— Je ne connais pas encore vraiment mes disponibilités...

— Je ne veux rien forcer. Tu sais quoi : il y a une boîte à livres à Senlis, c'est moi qui l'ai construite et installée, j'avais quinze ans ! Encore une étrange coïncidence : je travaillais en quelque sorte pour le cinéma. J'ai participé au montage des décors d'un film là-bas. C'est un souvenir incroyable, la naissance de ma vocation pour la décoration, c'est mon métier aujourd'hui. Le film c'était *Séraphine*, tu connais ?

— Non.

— Évidemment, ça date un peu... La boîte à livres nous servira de boîte aux lettres. C'est romanesque ça, non ? Ça te va ?

— Oui, très bien.

En réalité, Diane n'avait pas voulu éviter le rendez-vous, elle avait juste dit la vérité. Ses empêchements n'étaient pas des excuses inventées. Elle ne savait vraiment pas à quoi ressemblerait sa vie à partir du lendemain.

Max expliqua où se trouvait la boîte à livres. Il se souvenait de l'adresse précise, c'était dans une impasse, dans le centre, assez simple à trouver. Il croisait les doigts pour qu'elle existe encore !

— J'y déposerai ton roman samedi prochain. Je suis disponible tous les week-ends, glissa-t-il, en espérant que Diane saisirait la perche un week-end ou l'autre...

— Si nos étoiles sont faites pour se croiser, cela se reproduira à nouveau, non ? dit-elle en confiant leur rencontre au ciel.

Max quitta l'étoile filante devant le métro Mabillon.

7

La boîte à livres

Non, décidément, Max n'y comprenait plus rien. De quel rendez-vous parlait-elle ? Celui qu'il avait raté un an plus tôt ?

Marcia reprit :

— Non, aujourd'hui ! Elle est venue aujourd'hui même ! Je l'ai croisée dans l'impasse. Nous n'avons échangé qu'un sourire... Je n'y ai pas vraiment prêté attention. C'est quand je vous ai vu tout à l'heure que j'ai pensé que vous deviez peut-être vous retrouver là. Vous n'étiez pas revenus ni l'un ni l'autre depuis un an, et comme par hasard vous rôdez tous les deux autour de votre repère le même jour ! Ne me dites pas que vous ne l'avez pas fait exprès !

— Non, je vous assure ! C'est fou, je suis venu sur un coup de tête ! Vous lui avez déjà parlé ? Que savez-vous d'elle ?

— J'ai juste pensé : tiens, ils reprennent leur petit manège ! Moi, je ne lui ai parlé qu'une seule fois, il y a longtemps... Elle m'avait dit qu'elle tournait dans des films, une actrice, je crois. Mais je ne connais pas son nom, je suis désolée, et je ne suis pas très cinéphile. Aujourd'hui, comme elle s'est assise sur le petit banc dans l'impasse, j'ai cru qu'elle vous attendait... Moi, j'ai filé, j'étais pressée !

— Il était quelle heure ?

— Ce matin, vers 10 heures. Vous vous êtes loupés ? C'est pas de bol ! Vous ne vous souvenez vraiment de rien ? Vous n'avez aucun moyen de la joindre ?

— Aucun. Mais vous venez de me donner des pistes sérieuses. Je croyais que mon imagination me jouait des tours et que cette femme n'était qu'un fantasme. Je ne suis pas fou. Elle existe et je vais bien finir par la retrouver !

— Vous devriez aller voir dans la boîte, elle vous a peut-être laissé un message ! C'est quand même étrange que vous n'ayez pas échangé vos numéros de téléphone !

— Je n'ai pas d'explication moi non plus...

Max s'était déjà levé et réglait les deux cafés au comptoir. Son esprit courait plus vite que son corps vers la boîte à livres et son cœur battait à l'idée qu'elle puisse contenir le dénouement de cette histoire.

Marcia rassembla tous ses paquets et le rejoignit en trottinant sur ses talons jusque dans la rue.

Les boutiques du centre commençaient à tirer leurs rideaux de fer.

En entrant dans l'impasse, Max et Marcia croisèrent Fifine, la clocharde de Senlis, digne héritière de Séraphine dans sa démence. Elle revenait de donner à manger à ses chats (elle considérait tous les chats errants comme sa propriété, la seule dont elle eut la jouissance tout au long de sa misérable et folle existence). Elle récitait, comme à son habitude, ses sempiternelles sentences : « Si l'amour vit d'espoir, il périt avec lui. C'est un feu qui s'éteint faute de nourriture ! »

Une demi-douzaine de félins crasseux terminait d'engloutir une pâtée quand Max se précipita sur les derniers mètres qui le séparaient de la boîte. Un gros chat roux à l'oreille rongée fonça dans sa direction pendant que les autres s'enfuyaient. Max l'évita de justesse. Dans sa précipitation, il chevaucha maladroitement l'animal vicieux, mais préserva tant bien que mal son équilibre et finit sa course sur le petit banc de pierre près de la boîte à livres cachée dans les feuillages.

— Vous avez bien failli vous étaler ! lança Marcia, dont les talons d'experte évitaient méticuleusement chacun des pièges des pavés de l'allée qui menait chez elle.

— Parions que croiser un chat roux, cela porte bonheur ! dit-il en soulevant le lierre à l'endroit exact du feuillage, comme s'il avait fait ce geste des dizaines de fois.

Elle était là. Une caisse de chêne brun, à peine plus grande que deux boîtes à chaussures. Elle était fermée par une jolie porte vitrée encadrée d'une corniche sculptée de volutes et de coquilles. C'était l'ancienne porte d'un « vaisselier d'époque » – voilà ce qu'avait prétendu un des frères polonais sans vraiment savoir de quelle époque il s'agissait... Le petit aimant qui la maintenait close céda sous les doigts de Max qui tirait fermement le bouton de porcelaine faisant office de poignée.

Au centre de la boîte était déposé un gros paquet enveloppé dans un sac plastique rose, roulé sur lui-même. Même si aucun nom, aucune adresse n'y était apposé, Maximilien comprit immédiatement qu'il en était l'unique destinataire. Il s'en saisit sous le regard stupéfait de Marcia et l'ouvrit en retenant son souffle.

8

Retour à l'expéditeur

Cette fois, c'était décidé ! Diane tirait un trait définitif sur cette histoire ! Elle ne voulait plus en entendre parler. Elle avait demandé à Tess et à Monique, qui étaient ses confidentes privilégiées, de ne plus aborder le sujet. L'affaire était classée. Max avait ignoré son message. Il n'avait pas répondu à son ultime tentative griffonnée sur la première page du roman laissé dans la boîte à livres, *En cas de bonheur*, qui contenait son message et ses coordonnées. Cette fois, elle avait compris. Il ne souhaitait pas la revoir. Il fallait savoir se retirer du jeu dignement. Elle avait été bien sotte d'entretenir le rêve, d'imaginer qu'il ne s'agissait que d'un simple contretemps. Toute cette histoire n'avait été qu'un sombre malentendu. Elle avait cette manie de croire que les hasards sont des rendez-vous. Or, il fallait bien se rendre à l'évidence. Max ne lui était pas destiné, ni par les anges ni par aucune force surnaturelle. Il n'était qu'un passant dans sa vie. Et il était vraisemblablement passé à autre chose...

De juillet à octobre, Max lui avait écrit presque une cinquantaine de pages de lettres. Ils ne s'étaient revus que trois fois. Qui peut croire que des sentiments si ardents s'éveillent en si peu de rencontres ? L'amour ne se nourrit pas que de mots, il faut bien un peu de cette chimie des corps qui pousse irrésistiblement une peau contre une autre ! Pourtant, le miracle avait bien eu lieu. Max l'avait fait rire et pleurer à chacun de ses messages, elle avait couru à la boîte chaque semaine avec une hâte mêlée d'excitation que l'absence physique avait attisée. Elle avait répondu assidûment à ses lettres, mais ne lui avait concédé que trois rendez-vous.

Hélas, il n'avait jamais honoré le dernier.

Au fil des jours, Diane avait senti monter le désir, elle avait laissé rougir les braises pour que l'embrasement soit un véritable incendie. Elle avait tout fait pour que la genèse de leur histoire ressemble à un conte de fées, une légende. Et voilà qu'il ne restait plus qu'une terre brûlée.

Tout avait commencé par une direction : « Vers la beauté ». Diane avait retrouvé le roman dès le premier samedi. Elle avait dû fouiller un peu le lierre pour découvrir la boîte à livres. Le plan de l'exposition du musée où ils s'étaient rencontrés et qui avait servi de marque-page était rangé dans l'enveloppe avec la lettre. Et quelle lettre ! Diane n'en avait jamais reçu aucune, avant celle-ci. À l'ère des SMS, des tchats et des e-mails, les amoureux ont oublié que les sentiments s'écrivent aussi en boucles bleues sur des feuillets. On peut y lire tous les tremblements, les hésitations, les accélérations et les belles envolées. Il faut parfois plisser les yeux pour déchiffrer le mot qu'un tempérament fougueux malmène. On s'y attarde, on s'acharne et l'on entend enfin la voix de celui qui a tracé les accents graves ou aigus, placé les points comme des silences qui en disent beaucoup et frotté son cœur tout au long de la feuille. Diane avait senti le parfum de sa peau, le pouls palpitant sous le poignet qui caresse langoureusement le velours de chaque phrase. Elle avait longuement respiré le papier. Cette première lettre était une invitation charnelle à une danse à deux dans laquelle Diane n'en finissait plus de tourbillonner.

Toutes les lettres étaient désormais enfermées dans le sachet rose avec le disque et tous les romans de Foenkinos, enfin tous ceux qui lui restaient parmi les volumes achetés neufs au fil des années à chacune des sorties officielles. Elle avait donné les doubles (ceux qu'elle avait chinés dans les brocantes) à une bibliothèque de quartier, près de chez Monique, avant de partir s'installer à Paris. Il ne manquait que deux livres à cette collection dans le sac : celui qu'elle avait laissé dans la boîte avec ses coordonnées au moment de quitter Senlis l'année précédente (*En cas de bonheur*), et le dernier sorti en librairie qu'elle n'avait pas acheté. Avec David Foenkinos aussi tout était fini. Pas sûr que l'auteur ait ressenti le poids de sa désertion dans le calcul de ses ventes. Son dernier livre était un succès, et il fallut beaucoup de détermination à Diane pour parvenir à éviter sa voix à la radio et son visage dans les magazines.

En arrivant à Senlis en Fiat 500, Diane avait tremblé à l'idée de retrouver le roman qu'elle y avait laissé, avec un petit mot et le numéro de téléphone de Monique. S'il n'était jamais venu le chercher ? Mais non, la boîte était vide. Et finalement, sa déception n'en était que plus douloureuse : il avait donc bien réceptionné son dernier message, mais il ne l'avait pas appelée. Elle avait ressenti de la rage, comme une déchirure au milieu du ventre et elle avait soudain jeté le paquet rose rempli de ses souvenirs dans la boîte. Elle ne garderait plus rien de lui.

En sortant de l'impasse, Fifine lui fit signe depuis le trottoir d'en face, elle cria de sa voix rauque : « Va, je ne te hais point ! », puis elle lui adressa un large sourire édenté.

Au moment où passait un frisson entre ses omoplates, Diane pressa le pas pour s'enfuir. Son téléphone portable se mit à vibrer dans son sac à main. C'était Mme Molens qui avait déjà laissé deux messages.

— Monique est tombée ! C'est moi qui l'ai trouvée ! J'ai appelé les pompiers. Je suis avec elle à l'hôpital. Faudrait venir tout de suite !

9

Correspondance

Toute la nuit. Il avait lu toute la nuit dans sa chambre de Marly-le-Roi ! Au petit matin, la lumière avait fait place à l'ombre qui dévorait sa mémoire. Maximilien se sentait ivre de ses propres mots.

Il connaissait enfin une bonne partie de l'histoire. Une histoire qu'il avait lui-même écrite en un peu moins de cinquante lettres, toutes adressées à Diane du 16 juillet au 1er octobre de l'année précédente. Il en avait appris plus sur lui-même que sur elle puisque cette correspondance était amputée des réponses. Il devait bien y avoir quelque part les lettres que Diane avait écrites en retour. Mais où ? Il les possédait sans doute, rangées à l'abri des curieux. L'homme marié qu'il était à cette époque-là avait sûrement pris ses précautions. Max ne pouvait pas se résoudre à l'idée qu'il pût les avoir détruites.

Son escapade à Senlis et la découverte inattendue de toute cette correspondance posaient presque autant de questions qu'elles offraient de réponses. Oui, Max avait bien la preuve qu'il avait été amoureux, que cette femme existait, qu'elle s'appelait Diane, qu'elle était comédienne et qu'elle ne l'avait pas oublié non plus puisqu'elle était venue, elle aussi, à la date anniversaire du rendez-vous manqué. Il ne lui était donc pas indifférent. Et même s'il n'avait pas en main les mots d'amour qu'elle avait pu rédiger à son intention, il les imaginait sans peine. Plusieurs de ses lettres évoquaient des entrevues : il avait tenu sa main, caressé sa joue, embrassé sa nuque et goûté ses lèvres. Il y était question d'une méprise lors de leur première rencontre, mais de lettre en lettre le ton se faisait plus intime, les demandes plus pressantes, les mots moins allusifs.

Pourtant, elle restait obstinément en marge de sa vie. Pourquoi avait-elle déposé ce colis dans la boîte à livres comme on jette les amarres ? Elle ne laissait aucun indice dont Max aurait pu s'emparer pour la rejoindre : ni son nom ni ses coordonnées. Il douta qu'elle eût envie de le revoir. Lui en voulait-elle de son absence ? Avaient-ils été amants, avaient-ils rompu ? Quel drame se cachait derrière ces silences ?

Max était bien déterminé à ne pas rester sur des suppositions. À peine levé de son lit où traînaient les lettres ouvertes comme les vestiges de son amante envolée, il glissa le CD dans la chaîne hi-fi pendant qu'il prenait sa douche et décida d'entreprendre le jour même la lecture des romans de David Foenkinos qui formaient une sorte d'héritage de cet amour perdu. Max imagina qu'il y avait une énigme à résoudre et que la réponse se trouvait peut-être du côté de l'auteur que Diane semblait tant chérir.

En prenant son café, il alluma l'ordinateur et tapa les deux seules informations susceptibles de l'identifier dans le moteur de recherche : « Diane » et « actrice ». Il n'y en avait pas tant que cela en définitive… Il fit défiler lentement les photos en espérant que l'une d'elles fasse tilt. Toutes ces Diane avaient un point commun : de l'excitante Diane Kruger, à la vieillissante Diane Keaton (qui avait été brune au début des années soixante !), ce catalogue de Diane était un éloge à la blondeur. Une seule sortait du lot : une rousse, Diane Martin (mais rien à voir cependant avec la famille Martin qui habitait juste en face de chez lui. C'est le problème des Martin, on les prend toujours pour d'autres, comme les Piquard avec les surgelés…). Sa brune restait introuvable.

On ne s'improvise pas détective privé, même avec une bonne connexion Wi-Fi. Max avait sans doute loupé quelques Diane à la renommée plus modeste dissimulées dans les méandres de la Toile…

Le chanteur italien s'égosillait : « *Ma lasciarti non è possibile*[*] »…

Max réfléchit et les possibilités les plus folles se présentèrent à lui. Faire irruption, tout nu, sur un stade de foot pendant un match retransmis en direct avec une pancarte : « Diane, où es-tu ? » (C'était bien une idée de garçon, pas sûr qu'elle apprécierait…). Louer un avion pour tirer une bande à message au-dessus de toutes les plages du littoral : « Diane, où es-tu ? » (Trop cher, pas sûr que sa banquière apprécierait…). Survoler la France en montgolfière et lâcher des tonnes de flyers « Diane,

* Traduit de l'italien : « Mais te quitter est impossible… »

où es-tu ? ». (Un amour peut-il justifier un tel saccage environnemental ? Pas sûr que les générations futures apprécieraient...) Publier toutes les lettres qu'il lui avait écrites comme des archives sentimentales et intituler le livre *Diane, où es-tu ?* (Et si c'était la vraie bonne idée ?)

Ce matin-là, Maximilien partit travailler en pensant qu'il tenait peut-être un début de solution.

10

Orthopédie

— Je vous le répète devant votre nièce, madame : il faut opérer cette fois !

Diane se tenait près du professeur en blouse blanche, les bras croisés, mi-sévère, mi-compatissante. Elle était arrivée à Dijon le soir même après cinq heures de route, sans même une pensée pour ce qui s'était passé le matin à Senlis. D'ailleurs, il ne s'était rien passé. Affaire classée.

Monique n'en menait pas large au fond de son lit d'hôpital. Mme Molens poussait discrètement les miettes qu'elle venait de secouer de sa jupe sous le fauteuil où elle était assise, triomphante. Elle se sentait l'héroïne du jour. Toutes ces émotions l'avaient creusée. Heureusement qu'elle était passée par hasard pour demander à Monique si elle avait des plombs. Sa télé avait sauté comme à chaque fois qu'elle branchait cette foutue lampe à UV du télé-achat. Si elle n'avait pas eu soudain l'envie de bronzer, Monique serait encore couchée sur le carrelage, dans son pipi, à mi-chemin entre son fauteuil et les cabinets.

À la guerre comme à la guerre, les petits-beurre, ce n'étaient pas ses préférés, mais elle avait pris ce qu'il y avait dans le distributeur de l'hôpital. Elle ne voulait pas rater les conclusions du docteur. Voilà pourquoi elle s'était engouffrée dans la chambre, la bouche encore pleine, dès que Diane était arrivée de Paris.

Le Pr Boudard parlait fort, lentement et fermement. Pour une fois, aucune parole ne pouvait échapper à Mme Molens et puis elle était d'accord avec lui sur tout ! D'ailleurs, elle avait même été la première à dire à Monique que l'opération était nécessaire.

Le professeur en avait déjà parlé au téléphone avec Diane pendant qu'elle roulait vers Dijon.

Dans la chambre, il ne faisait que répéter, en présence de Monique, ce qu'elle n'avait pas voulu écouter depuis des mois.

— C'est une opération assez courante, madame, ce n'est rien de grave, vous n'avez pas à vous inquiéter et après, vous allez galoper comme à vingt ans !

Même à vingt ans, Monique n'avait jamais trop galopé ! Et pourquoi les médecins s'adressent-ils toujours aux patients comme s'ils étaient sourds ? Pas la peine de s'égosiller, cette fois elle avait compris !

Quand il partit finir sa conversation dans le couloir avec Diane, sa voix avait perdu quelques décibels et au moins deux octaves. Il remontait régulièrement ses petites lunettes octogonales du bout de ses mains de dentellière aux ongles impeccables. Il avait cette étrange façon de se voûter, de ceux qui ne parlent que sur le ton de la confidence. À côté de lui, Diane, sur ses talons, paraissait immense.

— C'est l'affaire de quelques jours, je peux l'opérer le 6. Le 8, elle est à la maison ! Elle sera sur pied, faites-moi confiance !

Le professeur parlait avec la même assurance que le garagiste à qui elle avait confié sa Fiat 500 pour changer le joint de culasse, il s'engageait sur les pièces et les délais. Pour la main-d'œuvre, elle n'avait rien à craindre, la réputation de ce chirurgien orthopédiste, spécialiste de la hanche, n'était plus à faire au CHU de Dijon.

Grand cinéphile, il échangeait avec Diane, avec l'aisance d'un vieux complice, les yeux pétillants, la voix caressante et le sourire en coin sur une dentition parfaite. De la céramique de la prothèse, la conversation bascula très vite sur les critiques pertinentes de *Télérama*, la crise du cinéma et la chance qu'une belle carrière s'offre enfin à elle ! Il l'avait vue dans son premier petit rôle au cinéma (il n'était pas du genre à regarder les séries à la télévision). Et même si ce n'était qu'un rôle secondaire, il la sentait promise à de merveilleuses opportunités ! Diane était tellement séduisante !

— J'ai plusieurs propositions intéressantes effectivement, dit-elle en roulant ses yeux sombres un peu comme la princesse Diana, lorsqu'elle jouait les timides dans les rencontres au sommet.

Il n'en fallut pas plus pour éveiller l'âme de chasseur du célèbre professeur :

— Je vous en prie, mon bureau est juste à côté. Me permettez-vous de vous offrir un café ?

Sur leur passage, les aides-soignantes s'effaçaient et ça jasait déjà dans la salle de repos des infirmières.

— Le patron a décroché le gros lot !

— Elle est drôlement belle.

— Il paraît qu'elle fait du cinéma.

— Je ne l'ai jamais vue !

— Elle a tourné dans une série, je crois...

— Et même dans un film, il paraît !

Les filles gloussaient.

— Le professeur va lui faire passer un casting dans son bureau !

— Ben, après trois divorces et cinq gosses, moi, je dis qu'il aurait tort de ne pas essayer ! Il n'y a que ceux qui jouent qui gagnent ! Pas vrai, Ludivine ?

Ludivine tourna ses Crocs en direction de la chambre 106 qui sonnait, en faisant semblant de n'avoir pas entendu la pique assassine de sa collègue. Une jalouse sans doute ! Toutes les filles du premier étage se pâmaient pour ce beau quadra tellement attendrissant aux faux airs de Francis Huster, qui n'avait vraiment pas eu de chance en amour jusque-là. Leur vocation les poussait, malgré elles, à vouloir soigner son petit cœur chagrin. Trois ou quatre infirmières qui n'avaient pas pris part à l'échange et qui buvaient une tisane brûlante faisaient semblant de ne pas savoir ce qui s'était passé entre Ludivine et le chef de service entre son deuxième divorce et son troisième mariage.

Pendant ce temps, dans la chambre 115, Mme Molens proposait ses services à Monique.

— Je peux manger votre crème au chocolat si vous n'en voulez pas !

Il faut dire qu'il était déjà plus de 18 heures et que Mme Molens ne savait pas à quelle heure elle allait pouvoir dîner. Loi de l'exaspération maximum : les plombs avaient sauté et elle venait justement de renoncer au gaz pour une cuisinière électrique ! Quelle journée ! Elle attendait de profiter de la voiture de Diane pour rentrer chez elle. Au fond, elle était aussi bien ici, à regarder la télé, puisque la sienne était hors service et que dans l'immeuble, elle n'avait plus personne chez qui aller sonner.

Elle avait jugé préférable de gérer personnellement la télécommande pour pouvoir ajuster le volume, d'autant qu'elle avait déjà son avis sur l'intérêt des programmes. Si Monique voulait dormir, ça ne la dérangeait pas, on parlerait des risques de l'opération et des douleurs qu'il faudrait endurer le lendemain, car elle ne manquerait pas de revenir.

— Reposez-vous, Monique ! Moi, je suis rassurée : vous êtes entre de bonnes mains... et la petite aussi !

Elle pouffa de rire en remuant les épaules sans cesser de racler le fond du petit pot de Danette saveur chocolat intense. Il était sacrément bel homme, ce chirurgien ! Mme Molens n'aurait pas rechigné à se faire tâter la hanche... Elle regrettait un peu d'avoir loupé sa séance de bronzage et d'être partie en catastrophe, en tenue d'intérieur, pour accompagner Monique dans le camion des pompiers. Elle n'avait même pas eu le temps de mettre du rouge à lèvres ! Enfin, Diane aurait sans doute l'avantage de l'âge, Mme Molens était bonne joueuse. Si la petite pouvait enfin se caser, ce serait formidable ! Le journal régional de France 3 Bourgogne-Franche-Comté venait de commencer.

Hélas, Monique ne réussit pas à s'endormir parce qu'elle avait des hématomes au bras, que sa hanche la faisait souffrir, que cette opération programmée la tracassait et aussi parce que Mme Molens avait réglé le son de la télé trop fort.

11

Rupture

Maintenant, c'était définitif : chacun sa vie. Le divorce avait été officiellement prononcé. Max fut très surpris de la réaction sobre et discrète de ses parents face au fait accompli (il se demanda pourquoi le projet leur avait été caché depuis si longtemps, cela semblait tellement aller de soi...). Décidément, son union avec Marlène n'avait jamais déclenché aucune passion. Pendant que Michèle décrochait le tableau dans le couloir de l'entrée (puisque, bien sûr, les couloirs d'entrée sont les mêmes que les couloirs de sortie), Michel avait demandé à son fils :

— Tu veux des cacahouètes avec ta bière ?

Et les Michels n'avaient plus jamais parlé de Marlène.

Au moment où le divorce fut prononcé, le cœur de Max s'était bizarrement contracté. Les mariages finissent souvent dans les tribunaux, mais dans le cas de Max et de Marlène, on avait évité les déchirements violents, les insultes et les assises ! Ils étaient là, entourés de leurs avocats, juste un peu moins vivants qu'avant, abîmés par des années de désamour. Debout devant le bureau du juge comme des enfants fautifs qui font perdre du temps à la justice, ils avaient réaffirmé la fin de leur médiocre association, pas malfaisante, juste mal aimante.

Dans les toilettes du palais de justice, une nouvelle vague brutale de souvenirs avait frappé Max de plein fouet. Il se souvint d'avoir dansé jusque tard dans la nuit, la jolie robe blanche de Marlène qui caressait le parquet, leurs doigts bagués enlacés découpant le gâteau, les rires, les chants, les serre-tête fleuris des demoiselles d'honneur, les promesses et les baisers. Tout était piétiné. Même s'il avait voulu lui aussi cette séparation, il avait dans la bouche l'amère saveur des regrets.

— Oui, des cacahouètes, c'est une bonne idée, merci.

Et la mousse soyeuse de la bière avait lentement vaincu l'amertume au fond du verre vide.

12

Fait divers

Malgré quelques discrètes hallucinations dues aux substances anesthésiantes, l'opération s'était globalement bien passée pour Monique et elle se rétablissait plutôt vite. Plus vite que prévu pour ce qui était de la hanche. En revanche, elle racontait parfois des choses étranges. Ainsi, lors du déjeuner qui précéda le départ de Diane pour Paris, Monique, qui après quelques jours de convalescence avait retrouvé toute sa vigueur, confia soudain à Diane :

— Je t'ai raconté que lorsque le chirurgien est venu me voir en salle de réveil, j'ai cru qu'il portait un masque décoré de petites fraises ?

— Tu étais dans les vapes !

— Non, je lui ai même posé la question et ça l'a fait rire !

— Tu m'étonnes !

— Il m'a dit que ce n'étaient pas des fraises, mais juste des giclures de sang ! Tu te rends compte ? Quelle boucherie !

Diane, qui venait de finir de décortiquer une cuisse de poulet, ressentit un haut-le-cœur.

Il était parfois impossible de comprendre le cheminement mental qui conduisait Monique à livrer, à voix haute, une observation qui semblait sortie de tout contexte. Elle avait sa logique à elle. Une logique inextricable pour qui ne vivait pas dans sa tête.

Diane avait l'habitude de ses « cheveux sur la soupe » déposés aux moments les plus incongrus. Mais cette fois-ci, le raccourci de sa tante la cueillit, abasourdie, au moment où elle tranchait une part de morbier sur le plateau de fromages. En quelque sorte entre la fraise et le fromage, Monique déclara :

— Elle est morte la pauvre !

Diane en était encore à la boucherie du chirurgien, celui-là même qui lui faisait du gringue depuis la chute de Monique. Elle avait renoncé à la délicieuse pâte molle et marbrée de la part de fromage abandonnée sur le rebord de son assiette en Arcopal.

— Qui ça ?

— La libraire de la place Émile-Zola !

— Non ? Mais quand ?

— Il y a quinze jours, j'ai oublié de te le dire. C'est vrai que tu la connaissais bien, toi...

— Mais que lui est-il arrivé, elle avait à peine quarante ans, elle était malade ?

— Non ! Quelle histoire ! Figure-toi qu'elle a été victime d'un féminicide par erreur !

— Comment ça ?

— À cause d'une dispute. C'est un coup du sort ! Il y a quand même des choses étranges... C'est Le Robert qui l'a tuée !

— Robert ? C'est son mari ?

— Non, elle n'était pas mariée. Robert, c'est le dictionnaire : Le Gros Robert !

Diane écarquillait les yeux. Décidément, Monique tenait des propos étranges. Mais que lui avait donc injecté l'anesthésiste pour que plus de cinq jours après l'opération, elle soit encore si confuse ?

— Elle venait juste de sortir de sa librairie, parce qu'elle avait entendu des cris dehors. Ils provenaient d'une fenêtre ouverte au quatrième étage. C'était un jeune couple d'étudiants qui se disputait. La libraire était juste en dessous, le nez en l'air, à écouter tout ce tintouin, quand tout à coup elle a entendu très clairement le gars qui criait « Dégage, va le rejoindre, sale pute » ! Il a vraiment dit ça ! Je te raconte les choses comme elles se sont passées. Toute la place Émile-Zola l'a entendu !

Monique était toujours un peu gênée d'utiliser des mots grossiers, mais elle tenait à rendre compte des événements le plus fidèlement possible.

— Et tout à coup, il a balancé une pleine brassée d'affaires par la fenêtre. La libraire était juste en dessous. Et toc, la pauvre, elle s'est pris le dictionnaire en plein sur la tête et elle est morte sur le coup. Les pompiers n'ont rien pu faire, ils ont dit qu'elle n'avait pas souffert... Le dictionnaire, il paraît que c'est elle qui l'avait vendu à la fille du quatrième. Mme Molens a dit que c'était une belle mort pour une libraire. Moi je ne trouve pas. La mort, c'est bête et c'est cruel, ça n'existe pas les belles morts... Ce n'est quand même pas de chance, quand on sait qu'avec Internet, les gens d'aujourd'hui n'achètent pratiquement plus de dictionnaire... Mme Molens a tout vu. Le Robert aurait bien pu tomber sur elle ! Elle avait quitté la librairie cinq minutes plus tôt, elle était sur le trottoir d'en face. Elle a accouru directement ici. Elle était toute retournée.

Il y avait quelque chose d'un peu surréaliste dans la scène décrite par Monique, comme pour ces faits divers extravagants relayés sur les réseaux sociaux. La libraire figurerait peut-être dans le « Top 10 des morts insolites de l'année ». Ces pauvres victimes de l'ironie du sort suscitent le rire sans que personne ne s'attarde sur leur drame. Mais la libraire de la place Émile-Zola, Diane la connaissait. Elle avait fréquenté assidûment ses rayons à la bonne odeur de papier neuf. Pour choisir ses lectures, elle avait consulté un à un les coups de cœur rédigés sur les fiches bristol par cette fine dame rousse qui manipulait les livres comme des trésors fragiles, donnant leur chance aux jeunes débutants, en réservant sur la table centrale une place de choix pour les premiers romans. Grâce à cette libraire passionnée, Diane était toujours au courant des nouvelles publications, des auteurs à découvrir sans faute, des best-sellers, des prix décernés, mais aussi des volumes boudés de quelques écrivains maudits. C'est elle qui lui avait fait découvrir David Foenkinos avant tout le monde. La libraire connaissait les goûts de ses clients et savait les nourrir à la façon d'une mère qui s'applique à préparer le plat qui fera plaisir pour un anniversaire. Diane se souvint avec émotion que même son visage racontait toute une histoire, mince comme une majuscule gothique qui finissait ornée de boucles fauves, un grand nez pincé en forme de J, des sourcils en accents circonflexes et toute une ponctuation jetée à la volée sur sa peau criblée de roux, ainsi qu'une discrète parenthèse autour d'un sourire pudique. La figure de la libraire était une légende écrite par ses ancêtres, un paysage d'Irlande, une lande salée couchée par les vents... sa voix résonnait de cornemuses et de rafales océanes. Diane avait tant voyagé dans cette librairie ! Comme elle se sentait triste soudain de cette fin brutale ! C'était un livre oublié dans un train au beau milieu d'un chapitre inachevé, un exemplaire unique qu'on ne retrouverait jamais, qui séparait à jamais le lecteur des personnages qu'il avait tant aimés.

Voilà que la libraire, avec qui elle bavardait souvent, qu'elle n'avait jamais croisée ailleurs que dans sa boutique – digne d'une caverne d'Ali Baba pour qui a la passion des mots –, et qu'elle imaginait affectée là pour toute l'éternité, était déjà morte et enterrée.

Diane pouvait ranger ses adieux parmi tous ceux qu'elle n'avait pas pu prononcer. L'adieu à sa mère, qu'elle n'avait pas trouvée ce soir-là, en rentrant de l'école, assise comme à son habitude sur le canapé, occupée à feuilleter *Gala*, à découper ses rêves de noblesse dans le papier glacé. L'adieu impossible à ce père inconnu qui hantait les stations-service. L'adieu à Princess privée de caresses dans l'épaisseur de ses poils bouclés, endormie pour toujours à la clinique vétérinaire, quand l'assistante en blouse verte avait conseillé à Monique la fin d'un acharnement thérapeutique qui avait déjà englouti une bonne partie de son livret A. Et l'adieu à Max. Diane imaginait que les adieux devaient pouvoir aider à soulager du poids des absences et que c'était sans doute cette formalité inaccomplie qui empêchait ses fantômes de la laisser en paix. La libraire de la place Émile-Zola serait au nombre de ces départs imprévus qui laissent un goût de cendres à ceux qui restent, dépourvus, arrivés trop tard sur le quai, sans un dernier baiser.

Monique regretta un peu d'avoir gâché la fin du repas en évoquant l'événement dramatique.

Le dessert eut raison des sujets qui fâchent, ou attristent. Diane détourna la conversation vers les rivages de la Sicile où elle envisageait d'emmener Monique pendant son prochain tournage et elle évoqua avec enthousiasme ses nouveaux projets. Mais le souvenir de tous ses chers disparus continuait à flotter dans l'espace comme un soupir jamais dissipé.

Même si le paris-brest lui faisait de l'œil, Monique ne se resservit pas à cause de son cholestérol, elle se contenta de manger des yeux la merveilleuse jeune femme dont elle était si fière, qui léchait sa cuillère en rêvassant en face d'elle.

La voix de Michel Drucker, dans le poste télé de Mme Molens, plongea brutalement depuis le plafond sur la table de la salle à manger, comme avait fait le gros dictionnaire sur la tête de la libraire. Monique ne semblait pas y prêter attention.

— C'est dommage, Il y avait une dédicace programmée avec David Foenkinos à la librairie ! Je parie que tu aurais adoré y aller ? Bon, ben, du coup c'est annulé !

— Oui, c'est dommage, répondit Diane, un peu ailleurs...

Monique ne savait pas qu'entre Diane et Foenkinos tout était fini.

13

Prime time

Elle était là sur l'écran de sa télévision !

Maximilien n'en croyait pas ses yeux. Il avait allumé le poste, un peu par réflexe, un peu par ennui, à plus de 21 heures. Il avait travaillé tard et n'avait pas dîné. Parce que dans la maison vide, le silence résonnait trop fort, il avait appuyé sur le bouton de l'écran plat qui console des solitudes. Marlène avait déménagé (à contrecœur, mais c'était inévitable ! Gérard Lambert l'avait aidée à trouver un deux-pièces dans le même quartier et ce logement bon marché remplaçait avantageusement l'Hôtel des voyageurs). Le pavillon serait vendu dans quelques jours. Et Max retrouverait enfin l'appartement du XVe arrondissement qu'il occupait déjà quand sa vie avait été brutalement interrompue l'année précédente.

Les cartons encombraient tout l'espace. Bientôt, Max aussi quitterait le décor de ses plus médiocres années.

Il se redressa d'un bond dans le fauteuil où il venait de s'affaler.

Elle était splendide dans sa robe lamée sous les projecteurs.

Max s'entendit prononcer à voix haute :

— Ça, alors ? Enfin, te voilà !

Elle était la preuve vivante que le meilleur moment d'un rêve c'est l'instant où il se réalise ! Le bonheur était inscrit en poudre rose sur ses pommettes. Elle souriait, dévoilant ses dents blanches parfaites, prêtes à croquer le monde. Max savait qu'il ne suffit pas d'espérer, il faut oser !

Elle s'approcha du micro comme une chatte. Et le silence précédant sa voix noua la gorge de Max. Il était comme en apnée, suspendu à cette bouche écarlate d'où s'échappèrent enfin les premières paroles *a cappella* de « Feeling Good ».

Grace était sublime ! Le jury semblait transi.

« Birds flying high, you know how I feel / Sun in the sky, you know how I feel / Breeze driftin'on by, you know how I feel / It's new dawn / It's a new day / It's a new life, for me / And I'm feeling good. »

Tout un orchestre vint se joindre au triomphe de ses cordes vocales.

Max remercia les anges de lui avoir permis de voir ça !

Grace ! La somptueuse Grace de son réveil étonné à l'hôpital de la Salpêtrière ! Elle était incroyable. Elle qui frottait avec ardeur les vitres des chambres pour que les patients alités puissent voir tout le bleu du ciel, elle qui avait dévoilé à Max la possibilité d'un monde joyeux et excitant à l'extérieur des murs de sa convalescence, elle avait franchi le cap ! Elle avait mené sa barque à bon port. Grace était exactement à la place qui lui revenait : face à un public ébloui qui l'applaudissait à tout rompre. Le jury du concours des plus belles voix de l'année lui offrait une ovation, debout. Max aussi, devant son écran, frappa dans ses mains de toutes ses forces pour la féliciter.

La réalisation du rêve de Grace sonnait comme une promesse. Les choses les plus incroyables, les plus improbables arrivent sur cette Terre !

Max regarda l'émission jusqu'au bout. Grace avait gagné parce qu'elle était incontestablement la meilleure et parce que Max avait dépensé une bonne cinquantaine d'euros en SMS surtaxés comme le proposait le bandeau déroulant au bas de l'écran. Quelle soirée !

C'est sur cette impression d'accomplissement et de joie que Maximilien avait éteint son poste de télévision. Une page de publicité d'une minute trente seulement le séparait du générique de la série de deuxième partie de soirée, dans laquelle une femme de chambre muette était inscrite au générique...

À quoi ça tient... n'est-ce pas ?

14

Dijon/Paris

Après l'opération, le Pr Boudard avait demandé à revoir la hanche de Monique en même temps que sa jolie nièce. Diane avait fait le trajet en train à plusieurs reprises pour être sûre que sa tante se remettait bien de son opération. Elle l'avait accompagnée à chacun de ses rendez-vous à l'hôpital, mais elle était restée évasive sur la possibilité d'un dîner que lui proposait le fringant médecin. Elle avait quand même accepté de lui laisser son numéro de téléphone portable. Après tout, il s'était montré charmant et Diane n'était pas insensible à son charme d'homme mûr. Elle n'avait pas l'âme d'une aventurière de l'amour comme son amie Tess et ce genre d'homme la rassurait. Le brillant chirurgien pouvait être un choix raisonnable. Elle l'appelait désormais par son prénom.

Gontran sollicita une nouvelle fois l'attention de Diane par ce SMS qu'elle reçut alors que le train la ramenait à Paris vers ses projets de cinéma qu'elle avait un peu trop délaissés au profit de la santé de sa tante :

J'espère que vos pas vous ramèneront vers moi.

Le chirurgien orthopédiste avait de la suite dans les idées.

Elle venait de lui répondre un message assez laconique, mais qui laissait une porte ouverte aux espoirs de Gontran :

Je vous recontacte quand je reviens à Dijon. Au plaisir.

Une passagère assise en face d'elle fit irruption dans l'échange entre les correspondants.

— Excusez-moi, j'ai l'impression qu'on se connaît... Non ?

Ça faisait un moment qu'elle se tortillait dans son fauteuil. La jeune fille rousse n'arrivait pas à se concentrer sur le roman noir qu'elle faisait semblant de feuilleter depuis la gare de Montbard, où elle était montée. Elle avait eu beau réfléchir, non vraiment, elle n'arrivait plus à se souvenir où elle avait bien pu la voir... C'était systématique, elle était incapable de reconnaître la pharmacienne de son quartier si elle la croisait en legging à la salle de sport. Sans sa blouse blanche, dans un autre décor que celui de sa pharmacie, ça ne matchait pas. Son système de reconnaissance faciale était défaillant. Elle avait besoin que les visages soient incrustés dans leur contexte habituel. Elle aurait pu renoncer et lire son livre – au fond ce n'était pas très important – mais cette sensation de déjà-vu l'agaçait comme une mouche et elle avait fini par jeter sa question juste après l'annonce de la voiture-restaurant.

— C'est possible, je prends souvent ce train, on a déjà dû se croiser.

La fille haussa les sourcils, pas très convaincue. Diane s'amusait de ce genre de situation qui arrivait désormais de plus en plus souvent depuis que la série dans laquelle elle avait tourné était diffusée à la télévision. Au même moment, un adolescent rougeaud arriva dans sa direction, en titubant dans le couloir central. Sa mère, restée assise, côté fenêtre, l'encourageait à voix basse depuis sa cachette derrière un dossier :

— Vas-y ! Vas-y ! Elle a l'air gentille...

— Bonjour, madame ! Excusez-moi, je pourrais avoir un autographe pour ma maman là-bas ?

En tendant un Bic bleu et une feuille arrachée à la va-vite de son cahier de mathématiques, il se retourna en désignant la bonne femme écarlate qui se contorsionnait sur les accoudoirs pour apercevoir Diane sans se faire remarquer.

— Bien sûr, comment s'appelle votre maman ?

— Elle s'appelle Caroline, mais tout le monde l'appelle Caca.

— Va pour Caca, alors...

Pendant que Diane rédigeait le premier autographe de sa carrière à « Caca » sur le morceau de page qui aurait dû servir à résoudre les énigmes de Pythagore, la fille d'en face s'autocongratulait :

— Ah ben, j'en étais sûre ! J'avais raison ! C'est pas dans le train que je vous ai vue ! Bien sûr que je vous avais reconnue ! Je vous ai vue à la télé !

Diane leva la tête en rendant l'autographe à son fier propriétaire qui s'enfuit aussitôt, accrochant maladroitement les sièges de droite et de gauche, pour rapporter son précieux trophée à sa mère.

— La bonne, muette, qui voit tout mais qui ne dit rien ! C'est vous !

Diane rosit en acquiesçant.

Enfin satisfaite, la fille déposa le livre sur la tablette qui la séparait de Diane et lui tendit une main vigoureuse.

— Enchantée, moi, c'est Edma !

À partir de là, Edma, en un souffle ininterrompu, lui raconta toute sa vie jusqu'à Paris-Gare-de-Lyon. Elle lui raconta ses études de communication, ses rapports pas terribles avec ses parents à Montbard – mais heureusement ils continuaient à la financer, c'est pour ça qu'elle allait les voir quand même le week-end –, son projet de voyage en Grèce à condition de trouver des billets pas chers – depuis Bâle ou Lyon, ça peut valoir le coup de regarder... –, elle avait déjà acheté *Le Routard* – il y a toujours de bons plans. Mais pour son copain, pas sûr qu'il vienne, il était un peu en galère parce que le proprio voulait récupérer son appart et qu'il n'avait vraiment pas de bol avec les apparts. C'était une histoire de fou, un divorce. Le type était amnésique et vivait avec sa femme sans savoir qu'ils étaient divorcés, mais depuis quelque temps il commençait à se rappeler... bref un truc de dingue trop long à raconter ! Avant, son copain était en coloc et ça ne se passait pas super bien. Peut-être qu'ils finiraient par s'installer ensemble, mais c'est elle qui hésitait, elle ne se sentait pas prête. C'est quand même une étape importante dans la vie et elle était trop jeune pour se caser, non ? Sinon elle prendrait bien un chat, mais comme elle était en meublé, et que les chatons, ça se fait les griffes sur les canapés – et l'agence lui avait bien signifié le prix de son canapé convertible : cinq cent quatre-vingt-dix-neuf euros, c'était vrai, elle l'avait vérifié sur le catalogue IKEA, pour une fois que les agences disaient la vérité… –, elle n'avait pas intérêt à l'abîmer. Du coup pour le chat, ce n'était peut-être pas une bonne idée…

— Nous informons nos aimables passagers que notre train entre en gare de Paris-Gare-de-Lyon, Paris-Gare-de-Lyon terminus du train. Veuillez vous assurer de n'avoir rien oublié dans le train !

Diane ramassa le livre que la fille avait laissé sur la tablette avant de s'envoler vers sa vie d'étudiante pleine de choix compliqués.

Elle feuilleta machinalement le petit volume, en descendant sur le quai, comme si un message pouvait s'y trouver. Elle faisait toujours cela avec les livres perdus ou abandonnés. Mais celui-ci ne contenait aucun trésor caché : pas de poème japonais glissé entre les pages, pas de mot griffonné, pas de phrase soulignée. Diane croyait que les bouquins déjà lus contenaient bien plus que ce que leurs auteurs avaient voulu confier. Elle aimait les ouvrages usés qui sentaient la poussière, qui avaient bu quelques larmes, qui avaient été froissés, cornés, aimés, interrompus… Elle le respira un instant comme pour y chercher un souvenir, il n'avait pas d'odeur. Il avait été à peine entrouvert, déjà oublié. Diane le rangea dans son grand sac à main.

15

ÉTAT DES LIEUX

L'agence lui avait remis le trousseau de clés étiquetées. Porte d'entrée rue, porte d'entrée vitrée, boîte aux lettres, local à poubelle, cave, local à vélo, porte appartement, chambre n° 2.

Il s'était occupé lui-même de donner congé à son locataire : un étudiant en droit aux débuts universitaires peu prometteurs qui l'avaient privé de sa bourse. Chaque mois, il fallait réclamer le loyer à sa caution solidaire, une mère un peu désespérée de voir son fils si brillant s'embourber dans cette impasse. Maximilien en avait parlé au téléphone avec la pauvre femme qui se confondait en excuses à chaque impayé.

— Il serait peut-être temps de rapatrier votre fils à Brive-la-Gaillarde, madame Gomez, et de vous enlever cette épine du pied. Je ne renouvellerai pas le bail, car je voudrais récupérer cet appartement pour y loger moi-même. Je suis désolé.

— Je comprends, monsieur, et je vous remercie de votre patience. Vous savez ce que c'est, les enfants !

Je lui ai trouvé une place d'ambulancier, par le cousin d'une amie de la voisine de ma sœur qui a une société, mais il n'a toujours pas passé son permis. Ah ! Je m'arrache les cheveux !

Maximilien avait encore tous ses cheveux. Et non ! Il ne savait pas ce que c'était que les enfants, car il n'en avait pas. Il aurait bien aimé... Il emmenait parfois les filles de son frère au parc ou à la foire du Trône, mais ce n'était pas la même chose. Marlène n'avait pas voulu d'enfant, elle avait sa carrière. Après, il y avait eu cet AVC, et ensuite...

Le jour de l'état des lieux, qui était aussi le jour de son emménagement à Paris, Maximilien redécouvrait les lieux. Accoudé au balcon, il sondait le paysage. En bas, vers la circulation, Manolo, qui devait imaginer que les feux de détresse dispensaient d'un ticket à l'horodateur, grillait un cigarillo sous l'enseigne lumineuse de la pharmacie. Il aperçut son locataire encombré de bagages qui quittait l'immeuble en suivant d'un pas docile son énergique petite copine. Devant lui, de l'autre côté de l'avenue, un vent léger froissait les feuilles des marronniers d'un petit square où des enfants dévalaient à la queue leu leu un toboggan tout neuf, étincelant dans une cascade d'aluminium. Une mémé à chien collectait des crottes dans un sachet pendant que son yorkshire agaçait les parties génitales d'un bâtard malinois, propriété d'un jeune punk à la mendicité agressive. Au loin, le brouhaha de la ville promenait les souvenirs brumeux de Maximilien au-dessus d'une canopée de toits et de cheminées. Il se sentait libre et heureux, il se sentait chez lui. En refermant la double porte vitrée du séjour, le silence se fit. Le parquet craqua faiblement sous ses pieds. Il lui semblait reconnaître, dans ce murmure, un langage familier. Max caressa le grand bureau en noyer qui n'avait pas mal survécu au labeur plus ou moins assidu de son locataire. Il fallait refaire les peintures, cela allait de soi. Manolo avait dit que pour les faïences, franchement pour le moment, ça pouvait encore faire l'affaire, c'était de la qualité, et le rétro était à la mode. À la rigueur, il proposait de refaire les joints... Maximilien avait souri. Mais dans l'ensemble l'appartement semblait en bon état. On rendrait la caution à la mère de l'étudiant briviste.

Un petit couloir desservait sur la droite un mur entier de placards vides et sur la gauche, une salle d'eau et une chambre qui donnait côté cour. La première chambre était lumineuse. Pour accéder à la seconde, Maximilien dut plier un grand séchoir à linge qui en bloquait l'accès. La porte n'avait pas de poignée. Cette chambre avait été condamnée et exclue de la location pour usage privé. On y avait entreposé les affaires personnelles de Maximilien alors qu'il était encore inconscient après son AVC.

Manolo avait fini de consumer son cigarillo et il venait juste de rejoindre l'appartement lorsque quelqu'un sonna à l'interphone.

16

Sur un coin de trottoir

La pharmacie de la rue Cambronne affichait la température, le jour et l'heure.

Elle ne le dit pas, mais elle le pensa très fort : *Oh m... ! Je vais être en retard !*

Le rendez-vous auquel se rendait Diane serait peut-être le tournant le plus décisif de sa carrière.

Le dernier retard de Diane remontait à l'année précédente et elle s'en était mordu les doigts ! Sa ponctualité était devenue une sorte de toc. Pour elle, c'était comme si le moindre retard pouvait compromettre sa vie entière. La possibilité d'un contretemps l'angoissait de façon démesurée. Elle anticipait tous ses trajets en calculant les imprévus possibles, toutes ces embûches du destin qui font rater les trains... Pour Diane, la mécanique implacable du temps s'était jouée d'elle d'une façon cruelle un an plus tôt, il n'était pas question qu'elle s'y laisse prendre une autre fois. Elle sentit monter le stress et tout en pressant le pas, elle s'efforça de respirer profondément cinq ou six fois en inspirant par le nez, en expirant par la bouche. Elle vérifia le *timing* sur sa montre puis sur son portable.

Ses lentes respirations permirent à sa raison de reprendre les rênes : elle avait presque trois quarts d'heure devant elle avant de rejoindre l'équipe du film qui se tournerait prochainement en Sicile. Tess était conviée elle aussi. Les deux amies allaient enfin travailler ensemble !

Diane serait dans les temps à condition que sa voiture ne reste pas coincée derrière cette camionnette plus de dix minutes.

Au pire, elle serait juste à l'heure. Pour une fois, elle ne serait pas en avance, c'est tout. Elle attendrait moins longtemps qu'à son habitude. Tess avait le monopole des retards et ne s'en excusait jamais, c'était un style de vie, il fallait faire avec.

Le fourgon blanc de l'entreprise Da Mota dos Santos, « Les carreaux de Manolo », était garé en double file, warnings allumés, juste contre la Fiat 500 de Diane. Elle ne pouvait même pas ouvrir sa portière. Elle jeta un coup d'œil autour d'elle, sur le trottoir, à la façade de l'immeuble cossu qui se trouvait devant elle. Un jeune homme harnaché d'un sac à dos plus gros que lui, les bras encombrés d'un énorme carton, retenait avec ses fesses la lourde porte d'entrée en grimaçant de douleur. Il essayait de laisser passer une jolie rousse tout aussi chargée, que Diane reconnut immédiatement.

— Edma ?

La jeune fille la regarda, effarée :

— On se connaît ?

— On s'est vues dans le train !

— Ah oui, c'est vrai : la star de ciné, c'est ça ?

— Si on veut...

Diane sourit.

Les deux jeunes gens déposèrent tout leur barda sur le trottoir aux pieds de Diane.

Edma tendit la main pour serrer celle de Diane.

— Vous habitez dans le quartier ?

— Oui, tout près.

— Je vous présente Teddy, mon copain ! Finalement, j'ai dit OK, il vient s'installer chez moi. On déménage ses affaires, là. J'espère que ça va bien se passer, dit-elle, un léger soupçon dans la voix.

Avec un accent chantant du Sud-Ouest, le garçon adressa quelques compliments enthousiastes à la jolie actrice dont lui avait parlé sa copine. Les séries télé ce n'était pas son truc. Lui, c'était les jeux vidéo.

Diane s'impatientait un peu en gardant un œil sur l'horloge verte qui égrainait les minutes.

— Je suis coincée, c'est votre fourgon ?

— Ah non, on déménage à pied ! On aurait bien voulu en louer un, mais on n'a pas le permis ! Attendez, c'est celui du proprio, on vient de faire l'état des lieux, je l'appelle !

— Oh oui, vite, s'il vous plaît, je suis très pressée.

Edma bondit vers l'interphone :

— Monsieur, faudrait déplacer votre fourgon, il bloque une voiture.

— OK, merci, on arrive !

Avant qu'il ne raccroche, elle entendit la suite qui grésillait dans le lointain :

— Manolo, où sont les clés ? La camionnette gêne !

Edma annonça en sauveuse que le propriétaire arrivait tout de suite, puis elle ramassa sur le trottoir les gros sacs de voyage dont le contenu hétéroclite se mit à s'entrechoquer bruyamment. On percevait le cliquetis de la vaisselle au milieu des codes civils et autres manuels de droit noyés parmi les chaussettes orphelines, les traitements contre l'acné et les multiprises.

— Je sais pas où on va caser tout ça dans mon studio !

Pourtant, Edma affichait une certaine bonne volonté et semblait prendre la tête des opérations.

— Allez ! On y va.

Teddy salua Diane et entreprit d'un pas décidé de remonter la rue.

— C'est pas par là, bourricot ! C'est de l'autre côté !

— Ah oui, c'est vrai ! reconnut le garçon distrait, sans se départir d'un sourire qui oscillait entre grimace et niaiserie.

Il fit demi-tour, rejoignant Edma comme un toutou bien élevé.

— Ben, c'est pas gagné !

Edma semblait déjà exaspérée.

Diane se mit soudain à fouiller dans son cabas.

— Au fait ! Vous aviez oublié ça dans le train.

Elle lui tendit le livre qu'elle avait ramassé sur la tablette et qui était resté dans son sac depuis ce dimanche-là. Le titre se détachait en lettres noires sur la couverture claire : *Ce que ça fait de tuer.*

— Oh, merci ! C'est vrai, ça peut servir ! Vous pouvez me le glisser dans la poche arrière du sac à dos ?

Pendant que Diane s'escrimait à faire tenir dans une poche zippée minuscule le précieux mode d'emploi d'une future vie à deux potentiellement problématique, la camionnette avait reculé.

Diane entendit une voix depuis la place conducteur du fourgon qui continuait à clignoter sur la chaussée :

— Vous pouvez sortir ! Je vais prendre votre place. Désolé pour l'attente !

Diane remercia d'un geste d'indulgence de la main. Et se précipita au volant de sa Fiat 500.

Au moment où elle démarrait, Edma lui cria depuis le trottoir :

— Au fait ! J'ai oublié de vous dire, finalement, j'ai aussi pris un petit chat !

Diane salua distraitement en tendant le bras par la fenêtre de sa portière.

Le chauffeur portugais de la fourgonnette remercia la médaille de Saint-Christophe qui valsait sous son rétroviseur, pour cette place inespérée pile devant l'entrée de l'immeuble. Ce serait tellement plus pratique de décharger les cartons en toute légalité !

17

La chambre n° 2

La chambre n° 2 de son appartement servait de débarras, où tout un tas de choses plus ou moins importantes avaient été entassées à la va-vite par l'agent immobilier au moment de la location.

Sous une année de poussière, Maximilien y retrouva des devis, des factures, des vêtements et dans un petit cartable en cuir, une liasse de lettres, et bien sûr, le portrait de Diane, le nu façon Modigliani qu'il avait exécuté lui-même et qui se trouvait encore inachevé sur un chevalet.

Ce fut la première fois depuis son AVC que Max éprouva de la colère. Pourquoi Marlène n'avait-elle même pas pris soin de récupérer ses affaires personnelles ? Elle l'avait privé d'une foule de détails qui lui auraient permis de retrouver plus vite la mémoire.

Marlène était venue dans cet appartement, elle avait profané cette intimité dont elle était exclue et elle avait refermé la porte, comme si tout cela n'avait pas existé. Elle avait caché sous le tapis ce qu'elle ne souhaitait pas voir en face. Max était en train de refaire sa vie parce qu'elle n'avait pas su l'aimer, parce qu'elle s'était oubliée dans les bras d'un autre, par ennui, par bêtise, pour un plaisir futile, pour se rassurer, pour que le temps ne file pas trop vite. Et elle était restée seule et sans bagages sur le quai de l'Hôtel des voyageurs. Elle avait cru un instant que l'AVC de Maximilien lui rendrait peut-être tout ce qu'elle avait gâché, comme les battements de son cœur qui s'imprimaient sur les pages blanches du moniteur pendant son coma. Elle avait espéré effacer l'historique en louant cet appartement au plus vite, en reprenant la place qu'elle avait laissée vacante. Leur amour avait été mal accordé et chacun s'était senti seul dans ce couple boiteux. Maximilien était aussi loin qu'elle de la possibilité d'un retour. Elle l'avait su en visitant l'appartement alors que Max était encore inconscient. Elle l'avait su à son réveil quand il ne l'avait pas reconnue. Elle l'avait su quand elle l'avait vu s'escrimer à rechercher la brune entrevue sur le tableau de la chambre n° 2.

Parce qu'il est impossible de lutter contre les marées qui emportent les châteaux de sable, Marlène avait fini par lui rendre les clés.

Parfois, la colère redonne vigueur. Maximilien se mit à ranger, à trier, à classer... Il lui sembla qu'il renaissait à chaque instant : lorsqu'il avait quitté Marlène pour cet appartement, lorsqu'il avait rencontré Diane, lorsqu'il s'était réveillé après l'AVC, lorsque le juge avait prononcé le jugement de sa nouvelle liberté, lorsqu'il avait retrouvé la trace de Diane, lorsqu'il avait découvert ses lettres dans la boîte à livres, lorsqu'il avait ouvert la porte de la chambre n° 2…

Tout n'est que recommencement, « ce qui ne me tue pas me rend plus fort » ! murmura Max entre les dents. Une rage le prit et il se lança tête baissée dans une quête plus effrénée que jamais. Il dévora les lettres que Diane lui avait adressées. Elles étaient pleines de la ferveur d'un amour naissant. Dans sa dernière lettre, Diane lui réclamait un baiser. Comment ne pas croire aux hasards, aux malentendus, aux imprévus, aux anges, aux chemins qui ne se croisent jamais pour rien ?

Maximilien regarda le visage endormi de Diane sur le tableau et il lui fit un serment : « Un jour, je te rendrai ce baiser que je te dois ma princesse, et notre amour reprendra vie. » Oui, Max était un peu fleur bleue.

18

FRUITS À COQUE

De passage à Dijon, avant un tournage de plusieurs semaines en Sicile, Diane accepta enfin de dîner avec Gontran. Le Pr Boudard se comportait en parfait gentleman. Il ne voulait rien précipiter, comprenant que Diane était un oiseau d'une rare beauté. Il lui faudrait beaucoup de tact pour l'apprivoiser. Le docteur, bien avisé, ne voulait pas la voir s'envoler au premier geste brusque. Il avait l'habitude de mener des opérations bien ciselées ! Il lui avait laissé quelques messages discrets, mais suffisamment explicites pour ne pas avoir à insister. Chaque fois, Diane y avait répondu, sans effusion, aussi sobrement qu'une amie de longue date qui ne comprend pas les sous-entendus.

Dans l'intérieur cosy de ce splendide restaurant de la capitale des ducs, ils avaient beaucoup parlé, elle avait ri. Gontran sentait que cette soirée serait celle du rapprochement. Il se noyait dans le fascinant décolleté de l'actrice et absorbait sa fraîcheur qui le faisait pétiller plus que cet excellent champagne. Diane avait quinze ans de moins que lui et buvait ses paroles. L'alcool le rendait spirituel ; elle se sentait grisée. Au sujet de leurs expériences passées, Gontran resta évasif. En revanche, Diane en disait sans doute un peu trop... Elle s'étonnait elle-même de la facilité avec laquelle le chirurgien arrivait à extraire ses confidences. Elle évoqua même son histoire ratée avec Max.

Puisqu'elle était un cœur à prendre, très délicatement, Gontran posa sa main sur la sienne le long des assiettes à dessert carrées qui promettaient une explosion en bouche de saveurs acidulées. L'immobilité de Diane scella un accord tacite. Il n'était plus question pour Diane de rentrer dormir chez Monique, dans sa chambre d'enfant.

Un serveur emprunté, fraîchement diplômé d'une grande école hôtelière, qui récitait la composition des menus comme une homélie à Notre-Dame, déposa avec mille précautions deux cafés et un plateau de mignardises sur la nappe immaculée. Depuis la caresse sur la main, l'affaire semblait bouclée, plus besoin de parler. Gontran dévorait Diane des yeux et elle soutenait son regard comme pour le défier.

Ce ne fut qu'après le café qu'il se mit à enfler.

Le Pr Boudard savait qu'il fallait faire vite. La pharmacie la plus proche était de garde. C'était une chance, car sa piqûre était restée dans la voiture et, avec l'émotion, il ne savait même plus où il l'avait garée. Il avait tout de suite reconnu les premiers picotements dans sa gorge et il avait essayé de rester digne.

Gontran avait l'habitude de dîner dans ce restaurant. Au Palais des sens, tout le monde connaissait son allergie. Bien sûr, au moment de choisir ses plats, le médecin était resté vigilant. Mais au moment du café, la tournure que prenait la soirée lui avait fait baisser la garde et il avait croqué les mignardises sans même y penser. Le jeune serveur, qui s'était escrimé toute sa première soirée de service à vouloir bien faire, avait mangé la commission : « Ne pas oublier que M. Boudard est allergique ! »

Diane essaya tant bien que mal d'expliquer à la pharmacienne ce qu'il s'était passé.

— Fruits à coque ! avait répondu Gontran d'une voix étranglée à la dame en blouse blanche qui s'apprêtait à le piquer.

Les taches rouges qui couvraient son visage boursouflé et son abdomen disparaîtraient en quelques heures. Il était hors de danger. Pour le moment, ça le démangeait à s'arracher la peau !

— On va le laisser dégonfler, suggéra la pharmacienne en tirant Diane par le bras vers le rayon de crèmes solaires et sprays antimoustiques tropicaux.

— On se connaît, non ?

— C'est possible, j'ai habité le quar...

— Non ! Je vous ai vue à la télévision !

Diane accepta bien volontiers de signer deux autographes, un pour Géraldine, la patronne, et un pour Hugues, son mari, qui avait la moitié des parts dans la pharmacie. Chacun son autographe en séparation de biens : on ne sait jamais... Vieux réflexe de profession libérale !

En échange de ce bon procédé, Géraldine courut derrière son comptoir pour remplir un petit sac en papier, frappé du caducée, avec toutes sortes d'échantillons : masque repulpant, teint frais « peaux matures », sérum antipoches, anticerne « spécial yeux sensibles ». Elle offrit son présent à Diane avec tout ce que le secret médical lui avait appris de délicatesse :

— Dans votre métier, j'imagine que vous devez toujours être impeccable, voici pour vous !

Elle avait ce petit air pincé de « Ce n'est pas la peine de me remercier, c'est offert avec bon cœur ».

Diane regarda son visage dans le miroir au-dessus du testeur d'un grand présentoir à maquillage vegan hypoallergénique pour peaux intolérantes. Ses yeux noirs lui disaient : « Va te coucher ! » Elle était fatiguée.

Il était temps de rentrer chez Monique pour dormir dans sa chambre de petite fille, au papier peint rose. Le seul endroit du monde où flottaient encore autour de Diane quelques rêves de princesse...

19

Le pouvoir des anges

Le faux tableau de Modigliani au visage de Diane fit imaginer à Max qu'elle avait été son amante. Mais il avait dormi si longtemps… Les rêves récurrents finissent par avoir un goût de réalité !

Maintenant qu'il possédait tous les échanges de lettres, il pouvait enfin reconstituer cette histoire, une histoire tout en effleurements, désirs et hésitations. Diane lui apparut aussi insaisissable dans le passé que dans le présent. Il contemplait son visage sur le tableau, mais ce corps nu n'était pas le sien, c'était un savant millimétrage de copiste. Une photocopie couleur de l'œuvre originale était épinglée sur le côté de la toile. Max y avait tracé au crayon le minutieux quadrillage qui avait permis une reproduction fidèle. Seuls les traits du visage différaient de ceux du jeune modèle anonyme capturé autrefois par le pinceau de Modigliani sous les toits d'un atelier miteux de Montmartre. Telle une princesse endormie, la belle, assise, nue, semblait attendre depuis des lustres qu'un prince rompe le charme et qu'un baiser l'éveille. Ce baiser, un jour, Max le lui donnerait, et le sortilège serait vaincu.

Il lut et relut tant de fois les lettres de Diane et les siennes que le passé finalement émergé des décombres de son amnésie lui sembla plus vrai que nature. Il sut tout de la rencontre au musée. Modigliani de retour à Paris, c'était une vaine, un événement qu'il ne pouvait manquer ! Il l'avait imité tant de fois.

Dans ses lettres, Diane semblait croire au pouvoir des anges. Il en déduisit que son ange à lui, celui qui l'avait mené là, sur la banquette de cuir face au tableau de Jeanne, c'était ce peintre italien, *L'Ange au visage grave*. Les artistes nous enseignent les voies secrètes de la beauté et de l'amour.

Max ne put nier que le musicien des mots qui avait charmé sa belle avant lui, David Foenkinos, n'était pas étranger à l'affaire... Sa ressemblance physique avec l'homme de lettres avait bien provoqué l'étincelle ! Mais l'écrivain n'en avait jamais rien su et c'est bien Max qui avait couvé les braises et déclenché l'incendie. Maximilien Piquard, le faussaire, l'imposteur, ne serait-il jamais qu'une pâle copie de ces hommes qui savent charmer les femmes : peintres, écrivains ou chanteurs... ? Ce Piquard avec un *q*, ersatz de surgelés, avait pourtant le cœur en feu. Il se sentait prisonnier de la caverne de Platon, condamné à ne pouvoir contempler que le reflet d'un monde inaccessible, trompé par ses sens, privé de ses souvenirs. Pourtant, il osait encore croire à une direction, même un an trop tard. L'amour est une valse qui se fiche des contretemps. Les quiproquos nourrissent les comédies et si toute cette histoire n'était qu'une comédie, elle trouverait une fin heureuse.

Dans ses lettres, Diane lui confiait tout, son enfance, ses rêves de cinéma, sa solitude aussi... C'est sans doute pour cette raison qu'il l'avait peinte nue, vulnérable. Elle n'avait pas posé pour lui, il avait dessiné les traits de son visage de mémoire (du temps où il en avait une !). Ce n'était plus une enfant, elle avait vingt-neuf ans, belle comme le jour, mystérieuse comme la nuit, mais il l'avait représentée paupières closes, poupée oubliée sur un coin de canapé. Elle n'avait pas encore osé sa vie.

Pourtant, au fil des lettres, quelque chose s'était mis à battre comme les ailes d'un papillon d'abord, le cliquetis de ses talons sur les pavés de Senlis ensuite, puis le tam-tam d'une complicité jouée à quatre mains et enfin le roulement d'un tambour qui annonce l'apothéose.

La fine calligraphie de Diane, déposée à l'intérieur des feuillets repliés, recélait des trésors plus précieux que tous les Évangiles. Elle avait existé !

À deux reprises, ils s'étaient retrouvés dans l'impasse, pour se voir, pour se parler parce que le désir était trop fort. Tous les détails de ces deux rendez-vous étaient rédigés noir sur blanc. Elle l'avait désiré. Il avait fait le trajet, juste pour une heure, peut-être moins d'une heure – le temps où l'on s'aime semble toujours trop court. Les amours naissantes se fichent des distances, des décors et des circonstances. L'amour ne connaît pas de sens pratique. Ils avaient marché au hasard dans les rues, s'étaient étreints sur quelques bancs publics comme les amoureux de Brassens. Sa bouche avait un goût de pomme, sa langue la saveur râpeuse et sucrée d'une pâte de coings. Il l'avait savourée, caressée. Quand il avait posé ses mains sous le tissu léger de sa robe, le long de ses cuisses, elle avait dit « pas si vite », elle avait ri de sa fougue. Elle voulait faire durer le plaisir. Ce petit manège leur avait tourné la tête trois mois, puis elle avait cédé. Sa dernière lettre était un appel charnel, un cri d'espoir, une déclaration.

Mais la foudre avait terrassé Maximilien au moment où il courait vers elle.

Puisque dans ce ciel tourmenté, Max ne pouvait plus faire confiance aux anges, il décida de prendre les choses en main. Cupidon semblait en congé de longue durée. Modigliani dormait au Père-Lachaise tout contre Jeanne. Au fond des lits douillets, des couples romantiques faisaient sûrement l'amour sur les mélodies de Lucio Battisti. La voix de Grace remplirait bientôt le Zénith et les jeunes filles continueraient à glisser des soupirs, des rires et des larmes entre les pages des romans de Foenkinos. La terre n'en finissait pas de tourner. Max ne pouvait se résigner à attendre la prochaine révolution.

Il composa le numéro de son meilleur copain :

— Salut, Manolo ! Tu es toujours d'accord pour me prêter ta maison à Porto ?

— Ah ! Enfin, tu te décides à prendre des vacances ?

— Pas vraiment des vacances, j'irais volontiers passer quelques semaines seul dans ta maison au Portugal pour écrire un livre.

— Un livre ? Genre, un roman ?

— Oui, en quelque sorte, un livre pour lui expliquer ce qui s'est passé ! Elle doit penser que je l'ai abandonnée. Elle doit me prendre pour un sale type ! Je voudrais qu'elle sache la vérité. Si mon livre arrive jusqu'à elle, je pourrai peut-être la retrouver. C'est une grande lectrice. Ça peut marcher ! Ici, entre le boulot, la famille, le train-train, je ne pourrai pas me concentrer. Mon frère dit que je deviens dingue avec cette histoire. Il faut que je parte.

— C'est un peu farfelu comme idée, mais pour la maison pas de soucis, tu peux passer prendre les clés ! Elle est libre tout le mois de mai !

20

Les valises

Monique allait accompagner sa nièce en Sicile sur le tournage d'un film pendant la première quinzaine de mai. Elle était tout excitée ! Elle avait besoin de faire quelques achats avant le départ, et tout lui semblait déconcertant à la capitale.

— Il est sacrément musclé ton épicier et il a de vraies bandes dessinées sur les avant-bras ! Tu viens pour ses aubergines à neuf euros le kilo, ou bien c'est pour faire la lecture ?

À force de fréquenter Mme Molens, Monique avait pris l'habitude de parler fort. Diane fronça les sourcils comme pour la réprimander, mais Régis, qui avait tout entendu, affichait un sourire éclatant de blancheur au milieu de sa belle barbe parfaitement taillée.

Pendant que Monique se désespérait des prix affichés au rayon primeur, Diane remplissait un petit panier en osier. Régis l'attendait, bras croisés, biceps en relief, derrière sa caisse. Lorsqu'elle se fut suffisamment approchée, il lui glissa en douce avec un clin d'œil :

— Je passe quand pour ta livraison d'aubergines ?

Diane surveillait Monique par-dessus les paquets de farine de céréales anciennes. Elle rougissait un peu en parlant à mi-voix.

— Je pars demain en Italie pour un tournage, j'emmène ma tante. On s'appelle quand je rentre... Ça va, toi ?

— Ça va mieux que jamais ! Mais je ne sais pas si je serai encore dispo quand tu reviendras. Figure-toi que je viens de rencontrer quelqu'un et je crois que je suis en train de tomber amoureux...

— C'est cool, y a pas de souci ! C'était le deal ! Je suis contente pour toi ! Je la connais ? Elle s'appelle comment ?

— C'est Hector.

Monique, un peu hagarde, interrompit l'échange entre les deux amis.

— Excusez-moi, mais je ne trouve rien dans ce magasin... Vous avez des savonnettes Cocopalm ?

— Ah non ! Désolé, on ne fait pas la marque, ce n'est pas très écoresponsable, je peux vous conseiller de très bons pains dermatologiques au lait d'ânesse...

Monique se demanda si c'étaient les savonnettes ou si c'était elle qui n'était pas très « écoresponsable » et elle ressentit une sorte de culpabilité un peu confuse.

Régis se dirigea vers le rayon hygiène et beauté, abandonnant Diane à sa perplexité. Monique déchiffrait les étiquettes :

— Sans sulfite, sans parabène, sans sel d'aluminium, sans parfum... et avec tous ces produits en moins vous trouvez le moyen de nous faire payer plus cher ! C'est quand même un monde !

Monique se sentait un peu perdue loin du Petit Casino où elle avait l'habitude de faire ses courses à Dijon. Elle ne connaissait pas le nom de la plupart des produits rangés sur les étagères.

— Du psyllium blond ? Du rooibos ?

Ayant compris que l'épicier faisait peut-être partie des amis de sa nièce, elle lui chuchota :

— Il est un peu original ton copain !

— Tu n'imagines pas à quel point...

Monique qui craignait de s'être montrée un peu grincheuse, et qui se reprochait encore son manque d'écoresponsabilité, ajouta avec enthousiasme :

— En tout cas, ça sent drôlement bon chez vous !

— C'est le diffuseur d'huiles essentielles à air pulsé. Ce matin, j'ai mis du ravintsara, c'est un excellent antivirus.

— C'est important de rester prudent par les temps qui courent !

À côté d'une grosse lampe à sel, Diane et Régis se serrèrent dans les bras comme des amis très chers qui se quittent peut-être pour toujours.

— Tu es la bienvenue au magasin, tu sais bien !

Régis lui caressa les cheveux.

En repartant vers l'appartement de Diane, Monique lui confia :

— Il est drôlement affectueux avec la clientèle ton épicier !

Diane pensa : *Tu n'imagines pas à quel point...*

La nuit avant le départ, dans le petit appartement de Diane, fut très courte. Impossible de rater l'avion. Monique n'avait pas fermé l'œil et depuis 5 heures du matin elle voulait appeler le taxi.

— Il est réservé pour 7 heures, tata ! Ne t'inquiète pas ! Il sera là.

C'était la première fois que Monique allait prendre l'avion et elle avait épluché toutes les informations données sur les quatre pages d'impression des billets électroniques. Elle s'était pesée une bonne dizaine de fois avec et sans la valise, avant et après le petit déjeuner. Elle avait vérifié ses médicaments pour le cholestérol et le contenu de son bagage à main. Elle se méfiait un peu de la crème bio au calendula qu'elle avait achetée chez l'épicier tatoué.

— Tu crois que ça va passer, ça ? Il est gros, le tube. C'est du liquide. Tu crois qu'ils peuvent penser que c'est un explosif ? Et s'ils savaient que le gars qui me l'a vendu a une tête de terroriste !

— Non, pas de problème ! Ça passe, cette quantité-là. Mais mets-le dans ta valise, si ça peut te rassurer ! Tu n'en as pas besoin pendant le vol. Et je te répète que Régis est un type très sympa !

— Oui, tu as sûrement raison.

Monique composa à nouveau le code du cadenas : 90D, c'était sa taille de soutien-gorge, un bon truc mnémotechnique ! Elle rangea la crème dans sa trousse de toilette et referma soigneusement le tout. Elle retourna se peser encore une fois avec et sans la valise.

— Ça n'a rien changé !

— Normal ! Ma balance n'est pas à 10 centilitres près !

— Alors je pourrais peut-être ajouter mes pantoufles mauves ?

— Non, tata, je t'assure ! Les tongs, ça va suffire ! Il va faire chaud, tu sais !

Tess était déjà là-bas depuis une semaine et elle avait téléphoné la veille pour leur dire que le temps était magnifique et le paysage époustouflant. Ce tournage ressemblerait un peu à des vacances.

À l'aéroport, il régnait aussi une ambiance de grands départs. Le panneau d'affichage indiquait Barcelone, Porto, Athènes, La Valette, Palma de Majorque... Il y avait des files d'attente partout devant les guichets d'enregistrement.

— Regarde, tata : Catane 10 h 20 ! On va enregistrer nos bagages et on aura largement le temps de prendre un café.

Il était un peu plus de 8 heures.

Monique était très contente de la qualité des roulettes de sa valise toute neuve et elle trottait en la poussant à toute vitesse sur le marbre glissant. Diane observa que Gontran avait fait du beau travail avec cette hanche enfin réparée. Il prenait des nouvelles de Diane un jour sur deux, comme si c'était elle la convalescente. Bien sûr, pour la soirée gâchée par les fruits à coque, il était désolé, mais il comptait bien se rattraper dès le retour de sa belle.

Il y avait foule devant les comptoirs d'enregistrement ce dimanche-là. Et les passagers des différentes destinations se croisaient et se recroisaient dans les méandres d'une longue file d'attente commune encadrée par des cordons à coulisse qu'un agent de l'aéroport, complètement dépassé, n'arrêtait pas de modifier.

Monique et Diane avaient pris la tête de cette farandole.

Une fois les deux valises étiquetées et emportées vers leur labyrinthique destination sur le tapis roulant, une main accrocha le bras de Diane, alors qu'elle longeait la file d'attente pour se diriger vers le service des douanes. Un homme jeune, mal rasé, de l'autre côté du cordon planta son regard dans les lunettes fumées de Diane qui sursauta :

— Bonjour, excusez-moi de vous aborder comme ça, mais on se connaît, je crois ?

Ce genre de scène se produisait de plus en plus souvent grâce au succès de la série télévisée. Diane, qui suivait Monique des yeux pour ne pas la perdre dans la foule, prêta peu d'attention au voyageur qui l'interpellait.

— Je ne crois pas non, dit-elle, d'un air distrait, mais sans jamais se départir de sa naturelle gentillesse.

— Mais si ! On s'est vus ! Au barbecue chez Jean-Pierre, non ?

— Non, je suis désolée, vous devez confondre.

— Ah ! Pardon, excusez-moi. Je croyais...

Le gars lâcha son bras et s'adressa à sa petite amie occupée à se ronger les ongles méticuleusement :

— J'aurais parié que c'était la copine de Stan, le cousin de Jean-Pierre.

— Elle n'a pas un appareil dentaire, la copine de Stan ?

— Ah oui, tu as peut-être raison... mais je suis sûr de connaître cette fille-là ! Ça va me revenir. Ah ! Ça y est : Istanbul a ouvert, c'est le guichet 12, ça va avancer pour nous maintenant !

La fille cracha un morceau d'ongle et embrassa son fiancé. Istanbul se rapprochait.

Monique se plia de bonne grâce aux formalités douanières : elle déposa toutes ses affaires dans le bac en plastique et avança sous le portique à rayons X en levant les bras comme Ma Dalton après un braquage qui aurait mal tourné.

— C'est quand même moins désagréable qu'une mammographie ! crut-elle bon d'ajouter en direction de l'agent aux yeux rivés sur son écran de contrôle, afin de le rassurer sur la probable ingratitude de son métier. Il ne sourcilla pas.

Si Diane ne l'avait pas retenue, Monique aurait bien commencé à faire quelques achats au *duty free*.

— J'ai promis à Mme Molens de lui rapporter un souvenir !

— Attends d'être en Sicile ! Mme Molens ne fume pas, elle boit de temps en temps un petit porto, mais en matière de parfums et biscuits, elle est déjà bien dotée, non ?

Monique sourit à la malice de sa nièce.

— Viens ! Allons nous installer pour prendre un café ! Nous avons deux bonnes heures à attendre.

Sans sa valise, Monique se sentait un peu dépourvue :

— J'espère qu'ils ne vont pas me la perdre !

— De quoi parles-tu ?

— De ma valise ! Ça avait l'air d'un sacré bazar dans leur arrière-boutique ! Un peu comme quand les fournisseurs de lingerie ont remplacé les boîtes par des sachets ! Tu te rappelles ? C'était impossible à trier sur les étagères les sachets !

Le sac plastique zippé et la fin de la belle boîte en carton avec ses étiquettes bien lisibles sur la tranche était une des plus grandes déceptions de sa carrière !

Un petit café crème eut raison de ses inquiétudes au sujet de sa valise et de ses vieux souvenirs de tracas professionnels.

L'espace de restauration donnait directement sur les pistes et Monique écarquillait les yeux en observant par l'immense baie vitrée le ballet des avions sur le tarmac.

Soudain, Diane se leva, comme happée par un détail du spectacle qui s'offrait à ses yeux. Là, dehors, sur la piste, un Airbus blanc flanqué du sigle TAP aux couleurs du drapeau portugais n'allait pas tarder à décoller. Par distraction, Diane s'était mise à observer un à un les passagers qui, à peine sortis du bus, se dirigeaient vers l'appareil. Elle s'était demandé vaguement quel pouvait être le but de leur voyage : quelques vacanciers, des retours définitifs vers une terre natale trop longtemps délaissée. Des familles, des personnes âgées, et cet homme seul, ce visage... Elle avait dû s'approcher pour vérifier. Cela lui arrivait parfois : le reconnaître au milieu d'une foule. Mais ce n'était jamais lui. Les deux paumes des mains collées à plat sur la vitre, elle eut envie d'appeler, pour en avoir le cœur net. « Maximilien ! » Mais voilà qu'il avait déjà le dos tourné et s'engouffrait dans le cockpit. Elle n'était déjà plus vraiment sûre. Mais cette démarche, cette stature élancée, ces boucles brunes sur un front large, ces petites lunettes cerclées de noir, ce teint pâle, la mâchoire étroite et le nez légèrement pointu, cela aurait pu être lui...

Diane revint s'asseoir à côté de Monique occupée à photographier les pistes avec son téléphone.

— Dommage ! Ça me fait des reflets, cette vitre ! Et puis, d'ici, on ne les voit pas bien décoller. Je ne vais quand même pas faire la vidéo d'un avion qui roule ! Mme Molens va encore trouver le moyen de critiquer...

21

Titres

– *Mémoires d'un amnésique.*
– *Lettre à Diane.*
– *Une bouteille à la mer.*
– *Moi, Max P., sosie de Foenkinos.*
– *La boîte à livres de Senlis.*
– *Je n'ai pas tes coordonnées.*
– *Te revoir.*
– *Je reviens te chercher...*
– *Laisse-moi une deuxième chance !*

Les deux premiers jours à Porto, Max ne mit pas le nez dehors, il rédigea de façon frénétique une longue liste des titres possibles pour son livre dont il n'avait pas encore écrit le premier mot. La salle à manger carrelée de la maison de Manolo était un champ de feuillets froissés qui vibraient sous les pales d'un grand ventilateur accroché au plafond.

Le soir, il continuait à lire les romans que Diane lui avait laissés dans la boîte comme un héritage de leur amour perdu. Il essayait d'y puiser un style, une inspiration en s'imprégnant de ces mots. Max avait appris à peindre en copiant le geste de Modigliani, pour écrire il ferait exactement la même chose avec la patte de David Foenkinos : un peu d'humour et de mélancolie, et le tour serait joué ! Il avait beau arpenter la terrasse qui surplombait la vieille ville, boire des litres de café tiède et tapoter son stylo contre la toile cirée, le souffle romanesque lui manquait. Pourquoi cela ne se passait-il pas comme prévu ? Depuis son adolescence, il écrivait des haïkus. Sa mère reconnaissait qu'il avait du talent ! Il en avait composé quelques-uns sur le cahier offert par Pierre après son AVC. Hélas, peut-être que cette habitude d'emprisonner la poésie en trois ou quatre vers concis ne ferait jamais de lui qu'un auteur de titres.

Certains lui inspiraient plus de fierté que d'autres, il les jugeait même susceptibles de remporter le Goncourt comme :

– *Ineffable imposture.*

– *La déraison des possibles.*

– *Autobiographie d'un absent.*

Mais Diane ne se laissait pas capturer sous sa plume. Max voulait tout dire à la fois, le manque, la solitude et le désir. Il aurait voulu qu'elle soit là, tout simplement. Elle était une saveur, un parfum, une chaleur. Elle était ce qui restait de sa vie quand tout s'était effacé. Elle échappait à toute raison. Il lui parlait à haute voix dans la maison vide. Diane l'avait convaincu du pouvoir des anges, alors, il implora le ciel que quelque chose advienne.

Parfois, une sorte de tramway antique klaxonnait sous sa fenêtre, et une vigueur nouvelle s'éveillait en lui. Bravant les forces du destin, il reprenait son stylo et complétait sa liste :

– *L'épreuve du temps.*
– *Prisonnier de ma mémoire.*
– *Le cœur dans une impasse.*
– *Promesse d'un amour...*

22

Souvenirs d'Italie

— *Un caffè ristretto per favore, con un cornetto ripieno alla marmellata e una spremuta d'arancia**.

Diane s'exprimait très correctement dans la langue de Dante, qu'elle avait étudiée en classe. L'Italie, c'était la *dolce vita*, les saveurs, les couleurs, les artistes et les chansons grattées sur des mandolines pendant les douces nuits étoilées au bord de la Méditerranée. Dans un autre genre, Diane se souvint aussi d'une escapade à Venise dans un wagon à six couchettes superposées, avec Fabien, un petit copain de l'époque où un train de nuit bon marché reliait Dijon à la Sérénissime. L'idylle n'avait duré que le temps du séjour dans une chambre borgne d'un hôtel sans étoile. Ils avaient pataugé pendant deux jours dans l'*acqua alta*, mangé des spaghettis réchauffés et bu du vin rouge piquant dans des arrière-salles surpeuplées, respiré le gasoil des *vaporetti* sur l'eau

* Traduit de l'italien : « Un café serré, s'il vous plaît, avec un croissant fourré à la confiture et une orange pressée. »

sale de la lagune, et erré sans véritable but dans le dédale des ruelles. Médiocre souvenir d'un amour avorté. Pourtant, la ville l'avait touchée comme ces poésies mélancoliques que l'on se récite à voix basse pour se bercer le cœur d'une tristesse facile. Loin des images mythiques, Diane affectionnait ces moments gris-bleu, doucement lancinants dont l'amertume nous rappelle que nous sommes bien vivants.

Ici, tout était fervent, éclatant. C'était la première fois qu'elle venait en Sicile et Diane ressentait déjà une sorte de familiarité avec cette île. Les vieilles pierres semblaient lui murmurer toutes sortes de légendes antiques où quelques dieux grecs courtisent de belles vestales romaines. Des chants mauresques, des galanteries françaises et des fureurs espagnoles jaillissaient des ruelles escarpées, sous les coupoles, dans les cloîtres et les chemins de ronde. Dans ses veines coulait aussi un mélange mystérieux dont elle se savait riche sans savoir qui lui en avait fait don. Il lui semblait toujours reconnaître des lieux jamais visités auparavant. Diane se sentait chez elle partout à l'étranger.

Monique n'était pas encore descendue de sa chambre. Les deux femmes logeaient dans un petit hôtel aux allures de pension de famille, sur les hauteurs de Taormina, c'était le lieu même du tournage. Cela leur donnait l'occasion de passer un peu de temps ensemble et goûter quelques instants de paix à deux pas de la fourmilière des équipes du film. Le tournage durerait trois semaines. Le rôle de Diane était celui d'une femme à la recherche de son amour perdu. Il était clair que Diane n'aurait pas beaucoup à composer pour s'identifier à l'héroïne. C'était une histoire qui finissait bien avec le retour improbable de l'être cher qu'un fâcheux malentendu avait éloigné de sa belle. Une histoire un peu mièvre pour un film qui serait bien distribué et promettait d'être un succès. C'était le premier long-métrage de Tess en tant que réalisatrice. Évidemment, sa meilleure amie avait décroché le rôle principal.

Diane songea à cette vieille chanson de Diane Tell : « Ces histoires d'amour démodées n'arrivent qu'au cinéma ! »

La terrasse du petit déjeuner surplombait la mer et la boule de feu qui venait d'éclore à l'horizon inondait un ciel rose et les ondes de ses filaments dorés. Diane aimait cet instant où le jour chasse la nuit, où les contours brumeux d'un monde engourdi de sommeil reprennent enfin vie.

— Ce doit être l'humidité ! Ils n'en font qu'à leur tête.

Monique avait surgi derrière sa nièce. Ses cheveux ébouriffés qu'elle n'avait pas réussi à discipliner lui donnaient un air juvénile. Elle avait perdu dix ans en une nuit.

— Je me suis inscrite à toutes les excursions proposées par l'hôtel ! Il faut bien que je m'occupe pendant que tu travailles ! Je sens que je vais me plaire ici ! La vue est magnifique, j'ai la même depuis ma chambre.

Monique attrapa le bus in extremis pour partir en excursion pendant que Diane obéissait aux directives de Tess pour le premier jour de tournage. « On va la refaire ! »

Décidément, Tess exagérait. Cette scène, tous les techniciens la connaissaient par cœur. Diane ne rechignait jamais sur le nombre de prises et se pliait de bonne grâce aux innombrables répétitions, mais cette fois, ça virait à l'obsession. La réalisatrice était de mauvaise humeur et rien ne parvenait à la satisfaire.

Il y avait en Tess une impatience orageuse. Ses foudres risquaient de s'abattre à tout moment, et elles frapperaient au hasard parce que l'objet de son courroux était absent, tardait, ou plus exactement ne viendrait plus. Il s'appelait Mattéo et Tess lui courait après de Berlin à Londres depuis des mois. Pour Taormina, il avait promis, les yeux dans les yeux au bar du grand hôtel berlinois où ils s'étaient aimés, une semaine hors du temps, juste avant le tournage. Il était romain, pour lui, la Sicile était à portée de main, Tess aussi. Mais cette main, il ne l'avait pas tendue. Il n'était pas venu et Tess commençait à le maudire, et avec lui, tout ce qui faisait obstacle à ses désirs.

Diane avait fait de son mieux, répété plus de cent fois les mêmes phrases, posé les mêmes questions à son partenaire. Et elle continuait à jouer la surprise, l'attente suspendue vers des réponses cent fois entendues. Elle commençait à douter que la prochaine prise puisse être la meilleure et elle sentait l'agacement prendre le pas sur toutes les autres intentions du jeu. L'actrice laissait échapper quelques manifestations de lassitude pendant qu'une tempête enflait dans la gorge de Tess.

Les pires colères sont souvent celles que l'on veut taire, celles qui germent dans les tréfonds, que l'on couve comme un nourrisson qui prend soudain toute la place, et qui rugit à l'improviste en brisant la paisible harmonie de la nuit. Une brindille touche la braise et c'est la forêt entière qui s'embrase au moindre frémissement de l'air. Diane avait cette sorte d'intuition qui fait fuir les oiseaux, juste avant le déluge. Déjà, elle n'écoutait plus les instructions. Elle ne jouait plus. Elle s'était mise à observer le ciel comme faisaient les oracles sur les champs de bataille avant l'assaut. Quelque chose avait attiré son attention et la détournait complètement des répliques du film et de la mauvaise humeur de Tess. La scène se tournait en plein air, sur une terrasse naturelle en forme de promontoire pierreux accroché au versant le plus abrupt du paysage qui donnait sur la mer. À l'ouest, le relief sombre se découpait sur l'azur comme un dessin japonais. Les ciels de bord de mer ont le don de se transfigurer en un instant. Leurs allures changeantes et insaisissables vous transportent comme si la régie lumière et le décorateur se moquaient des acteurs et imposaient un nouvel espace de jeu à chaque seconde. Elle n'en croyait pas ses yeux. Il lui vint l'idée folle que c'était elle qui avait déclenché tout cela. Elle avait levé les yeux pour implorer que quelque chose advienne, pour briser l'arc tendu de colère, une sorte de minuscule prière païenne, qui ne dure que le temps d'un soupir, pour qu'enfin le ciel s'en mêle ! Se pouvait-il que la nature tout entière réponde à une si vaine supplique ?

La montagne s'était mise à cracher un immense jet de cendre noire qui avala tout le bleu du ciel en un battement de cils. Le sommet de la colonne, comme un chapiteau ionique, n'en finissait plus de s'enrouler sur lui-même en redescendant vers la terre. Toute l'humeur noire de Tess sembla aspirée par la colère du volcan. Elle resta figée, bouche bée face à cette réplique disproportionnée d'elle-même qui l'effrayait et la fascinait à la fois. Le plateau du tournage se transforma en volière affolée au milieu d'un grand désordre. Tous battaient de l'aile au hasard vers quelques lieux protégés. Du ciel pleuvaient sur la terre des cendres et des poussières de roche. En quelques minutes, la terrasse blanche se trouva criblée de ces minuscules projectiles. Tess vint finalement se mettre à l'abri derrière la grande baie vitrée de l'hôtel qui servait de quartier général. Acteurs, techniciens, maquilleuses, femmes de chambre et serveurs s'étaient regroupés là comme sur un radeau perdu. Chacun collait son visage et ses mains au vitrage et contemplait dans le silence le sombre événement. Puis les portables se mirent à sonner, les bouches s'affolèrent.

— On n'a jamais vu ça !

Habituellement, l'Etna se contentait, selon ses humeurs, de quelques nuages blancs soufflés de ses naseaux comme un soupir. Tout au plus tirait-il une langue de lave en léchant ses flancs décharnés, adressant un pied de nez aux êtres ébahis par sa puissance et sa beauté.

Cette fois, c'était autre chose, et chacun des humains qui assistaient à cette fureur pensait confusément y être pour quelque chose. C'est dans ces grands épisodes du hasard que l'homme déchiffre toutes sortes de signes et de messages qui semblent relier le tout à l'infime. Le volcan s'adressait à chacun d'entre eux au plus profond de leurs entrailles, remuant les peurs, les doutes, les culpabilités, les espoirs et les regrets.

À quoi pense-t-on à l'instant où le ciel s'effondre, où la terre, ouvrant un cratère béant, peut tout engloutir ?

La première pensée de Diane fut pour Maximilien. Se pouvait-il qu'elle ne le revoie jamais ? Elle s'avoua enfin qu'elle vivait avec cette crainte enfouie en elle. Le volcan, sur l'écran géant d'un ciel bouleversé, au milieu de ses volutes sombres, affichait le seul prénom qui manquait à sa vie : Maximilien.

La réalité de ce qui était en train de se passer vint soudain frapper Diane au milieu de ces errements absurdes. Elle se sentit terrifiée :

— Monique ! Monique est sur le volcan !

— Quoi ? Qu'est-ce que tu dis ?

Tess avait saisi au vol les paroles à peine chuchotées de Diane qui se trouvait dans une sorte d'état de sidération, les yeux fixés sur l'éruption.

Diane se retourna affolée vers son amie :

— Elle m'a dit ce matin qu'elle partait en bus pour une excursion sur l'Etna !

L'image supposée de Monique bravant les fureurs du volcan avec son bob et son sac à dos balaya net le vague souvenir de Maximilien et les vaines promesses de Mattéo. Les deux femmes se précipitèrent vers la réception de l'hôtel. Le portable de Monique ne répondait pas.

— Oui, c'est bien ça, oui : « Promenade sur les anciens cratères et dégustation de miel d'acacia dans la localité de Zafferana, trente-cinq euros. »

La réceptionniste récitait le prospectus et, raide, avec un chignon impeccablement tiré, elle s'appliquait à garder son standing au milieu de la panique générale. Sans doute espérait-elle apporter un peu de douceur face à l'angoisse manifeste de ses deux interlocutrices en précisant que le programme offrait une option « dégustation de miel d'acacia » comprise dans la prestation et que pour trente-cinq euros, on ne pouvait pas espérer plus grande sollicitude de la part de l'hôtel organisateur de l'événement. Alors, l'éruption était bien entendu tout à fait indépendante de leur volonté et on allait bien finir par retrouver le groupe qui à cette heure-ci avait sans doute déjà rejoint l'autocar en toute sécurité. Enfin, c'était à espérer bien sûr ! En attendant, l'hôtel offrait un apéritif si on voulait bien se donner la peine de patienter au salon.

Diane, portable en main, cliquait frénétiquement sur le numéro de Monique.

Un SMS s'afficha enfin :

Ça ne capte pas bien ! On n'a pas pu faire la dégustation de miel, mais ça va. On rentre.

23

Un pont

Ce n'est que le troisième jour que Max interrompit son inventaire de titres. Il se leva tôt, répondit aux quelques SMS inquiets de sa mère écrits en gros caractères :

ES-TU BIEN ARRIVÉ ?

TU MANGES DES SPÉCIALITÉS ?

TU POURRAIS QUAND MÊME DONNER DES NOUVELLES !

ON PART PRENDRE LE FRAIS QUELQUES JOURS CHEZ TONTON ROBERT. TU VAS BIEN ?

Max donna à sa mère les réponses qu'elle espérait et il partit chercher les siennes dans les rues de Porto. C'était trop bête de rester enfermé à tourner en rond. Le soleil inondait le ciel et depuis son donjon, Max regardait la vie s'agiter en bas, sans lui. Il fallait qu'il bouge, qu'il marche, qu'il agisse.

La vieille ville tortueuse oscillait entre plage et montagne, du fleuve à l'océan. Des cascades de ruelles fuyaient entre les placettes et les clochers, déversant des torrents d'escaliers vers le rivage animé du Douro. Lorsque Max accéda au quai du port fluvial où se pressaient des hordes de touristes dociles, ondulant comme les grands serpents du Nouvel An chinois devant les guichets des bateaux de croisière, il comprit ce qu'il était venu chercher. Un pont ! Le moyen de rejoindre une autre rive. Quelque part, sur un rivage perdu, se trouvait Diane. Il fut frappé par l'évidence du signe : cinq ponts gigantesques enjambaient le fleuve en plein cœur de la ville. Cette découverte de Porto fut une révélation. Il était venu s'enfermer dans une maison pour trouver l'inspiration et c'est cette ville étrangère, mystérieuse et mouvante, au langage inconnu, qui lui montrait la voie : rien n'est jamais infranchissable. Chaque génération avait bâti son pont, de pierre, de métal, de béton... Celui de Max serait un pont de papier. Son livre prendrait la forme d'une longue lettre.

C'est grâce aux lettres qu'ils avaient échangées pendant les trois mois de la naissance de leur amour que Max avait enfin recouvré la mémoire. Il avait redécouvert cette histoire, comme s'il l'avait vécue hier. Tout était intact, à portée de main. Sauf elle ! Mais quelle folie que la jeunesse qui nous fait croire immortels ! Les sentiments s'étaient éveillés au fil des lettres. Ils étaient tombés amoureux des mots qu'ils s'offraient, de leurs confidences, de leurs secrets. Quand l'amour s'immisce, il donne ce pouvoir étrange de se croire invincible. Il était le héros et elle l'héroïne, rien ne pouvait faire obstacle à cet amour, pas même le temps qui passe, comme coule la Seine, comme coule le Douro et tous les fleuves de la Terre. Alors, ils avaient joué, tenté le diable. Comme le diable avait dû rire ce jour-là, au métro Bonne-Nouvelle !

Ils étaient tous les deux tellement convaincus de l'évidence de leur rencontre, que rien ne pouvait s'opposer à l'attraction irrésistible qui les réunissait. Alors, ils avaient avancé à tâtons, les yeux bandés, sûrs que le destin n'avait pas d'autres projets que de les pousser l'un vers l'autre. Ils avaient parié sur le hasard et la confiance. Ce sont les méfiants, les incertains qui s'échangent toutes les coordonnées dès le premier rendez-vous, les noms, les adresses, les numéros de portable, les comptes Instagram. Dans ce monde-là, impossible de s'égarer ! Mais Diane et Maximilien en avaient décidé autrement. Ils ne pouvaient pas perdre à la roulette du destin puisqu'ils étaient faits l'un pour l'autre. Il suffisait de déguster l'instant et d'avancer l'un vers l'autre !

C'est Diane qui avait proposé le défi :

— Non, pas de téléphone, pas d'e-mail ! Continuons à nous écrire et la vie forcément nous réunira.

Les amoureux s'imaginent souvent que leur histoire unique relève de la magie, alors, ils avaient pris ce risque minuscule : celui de faire durer le plaisir, en préservant le mystère, encore un peu...

Maximilien avait découvert et aimé Diane pendant trois mois sans avoir aucun autre moyen de la joindre que ces interminables lettres échangées entre les pages des livres qu'ils déposaient tour à tour dans la boîte de Senlis. Trois mois à tout se dire et à laisser gonfler leur amour comme une brioche qu'il leur tardait de déguster. Trois mois avaient suffi pour se piquer au jeu et pour que l'attirance réciproque devienne si forte qu'il serait impossible de se passer l'un de l'autre. Parce que c'était lui, parce que c'était elle. Ils s'étaient donné rendez-vous dans l'impasse à trois reprises. La première fois, il avait pris ses mains, la deuxième fois, il avait pris sa bouche, la troisième fois, il avait pris ce satané métro et n'avait pas fini le voyage.

Maintenant, Max n'avait plus qu'un seul objectif en tête : bâtir un pont. Il s'installa à la terrasse d'un café au premier étage des immeubles vêtus d'azulejos de la Cais da Ribeira, face au fleuve. Il commanda un verre de porto et se mit à écrire à Diane comme s'il courait vers elle. Il rédigerait ainsi une longue lettre d'amour publiée sous la forme d'un livre qu'elle découvrirait un jour, par hasard, chez son libraire, parce que les anges allaient s'en mêler, bien entendu...

24

Potins

Après l'éruption volcanique, le tournage en Sicile avait été interrompu. La production avait rapatrié toute l'équipe du film et Monique était rentrée à Dijon. Diane avait immédiatement intégré une petite compagnie de théâtre à Paris qui l'avait déjà sollicitée à plusieurs reprises avant son départ. Elle allait quand même pouvoir travailler. Tess promettait que, pour le film, ce n'était que partie remise ! Elle était obstinée et un jour son rêve de cinéma se réaliserait, celui de Diane aussi !

— C'est bien, le théâtre ! C'est comme ça que tu as commencé ! La vie est faite d'allers-retours ! Je te souhaite plein de succès !

Monique glissa une longue série de petits bisous dans le combiné du téléphone et repartit finir son café qui refroidissait entre Mme Molens et trois autres voisines de l'immeuble qui voulaient aussi connaître tous les détails de l'aventure volcanique. Leur brûlante curiosité valait bien le coup de tirer un trait sur cette histoire de coucherie entre Mme Molens et le concierge – qui commençait à dater – et ce problème de poubelles sur le palier. Elles habitaient toutes dans les étages inférieurs et, pour dire la vérité, cela ne les avait jamais véritablement incommodées. Elles s'étaient simplement conformées aux usages de l'immeuble parce qu'il faut bien choisir un camp et que ça soude les gens d'avoir une même cible. C'était tombé sur Mme Molens. Mais dorénavant, elles étaient prêtes à supporter la société de cette voisine qui, bien qu'un peu dure de la feuille, se révélait plus fréquentable que prévu. Mme Molens ne semblait pas vouloir réclamer son solde de « bonjour » épargnés et elle avait même apporté un paquet de biscuits pur beurre. Grâce à l'éruption de l'Etna à laquelle Monique avait échappé et qui donnait lieu à de passionnants colloques tous les après-midi, Mme Molens retrouvait une certaine respectabilité dans l'escalier B.

— Alors, où en étions-nous ? Ah oui... donc le Mattéo n'est jamais réapparu ! Il l'a plaquée comme ça, il a juste mis un SMS pour lui dire qu'il avait rencontré quelqu'un ! En pleine catastrophe naturelle ! Pauvre Tess !

— Tess ?

— Oui, enfin : Valérie, si vous préférez !

Ce n'était pas toujours facile à suivre, mais ces petits potins étaient bien plus passionnants que la presse people, d'autant que les people en question avaient joué à l'élastique dans la cour de l'immeuble et promené les chiens des uns et des autres contre quelques pièces de deux francs. Dans l'immeuble, on les aimait bien ces deux gosses, et personne ne s'était jamais plaint du surcoût d'électricité quand elles abusaient de la minuterie pour faire leurs devoirs dans les escaliers les jours où Diane avait oublié sa clé !

— Bon, finalement, Valérie s'est fait une raison... Elle a une histoire avec le chef opérateur maintenant !

Les voisines semblaient soulagées de savoir qu'au fond la jeunesse se remet vite, sait rebondir et saisir les opportunités...

— Et votre nièce ? Côté cœur ? On en est où ?

— Figurez-vous que mon chirurgien de la hanche lui tourne autour !

— Ah ben, c'est une bonne nouvelle, ça !

Mme Molens, dont les problèmes auditifs semblaient bien s'améliorer depuis que le voisinage était mieux disposé à son égard, avait encore la bouche pleine, mais se précipita pour ajouter son grain de sel avant Monique.

— Au début, je pensais que ça pouvait être un beau parti, mais finalement je ne le sens pas trop ce type !

C'est le mot « finalement » qui avait projeté le plus de miettes sur le petit comité rassemblé autour de la cafetière. Quelques-unes flottaient maintenant à la surface du café froid de Monique qui eut un haut-le-cœur.

— Ah ! Il ne vous plaît pas trop non plus ce Gontran, en déduisit Mme Molens à la mine écœurée de Monique.

Elle balbutia :

— Euh ! C'est un très bon docteur, il est bel homme et avec sa situation... mais Diane ne me semble pas très emballée... Oh ! Je sais bien ce qui la retient !

Elle repêcha les miettes avec sa petite cuillère.

— Racontez-nous, Monique !

— Que savez-vous ?

— Pourtant, un chirurgien !

— Il est allergique aux fruits à coque, jugea bon d'ajouter Mme Molens qui semblait tout comprendre des mystères de l'amour.

L'information n'était pas capitale, mais comme elle n'en avait pas de plus pertinente et qu'elle voulait montrer qu'elle en savait plus que les autres...

— Elle a eu un gros béguin l'année dernière, il l'a quittée du jour au lendemain sans explication, un peu comme le Mattéo a fait avec la pauvre Valérie. Depuis, elle a un peu de mal à faire confiance aux hommes.

— Quel salaud !

— On la comprend !

— Et quand on a eu un grand amour, c'est dur de croire qu'il pourra s'en présenter un autre ! fit remarquer Monique qui n'avait jamais rencontré le grand amour de sa vie.

Mais elle avait quand même son idée sur le sujet grâce aux innombrables comédies sentimentales qu'elle dévorait depuis des décennies. Elle pouvait donc se permettre un avis éclairé.

Mme Molens poussa un gros soupir dans lequel pesait lourd le souvenir du mari de la concierge.

TROISIÈME PARTIE

I

Après un lustre

Les virus, les guerres, le terrorisme, la mort d'Élisabeth II, les revendications salariales, la montée des extrêmes et les fluctuations du cours du baril tapissèrent le quotidien de Max de mille fleurs fanées. Bien plus que l'AVC, c'est la banalité de la vie qui eut raison de sa mémoire.

Rien de mémorable en cinq ans.

Ce rescapé des désordres du temps avait appris la patience et s'était sagement rangé à ce que l'on attendait de lui. Il était heureux dans son métier, affichait parfois quelques conquêtes assez facilement gagnées, mais sans grand espoir de lendemains. Après une première expérience de vie conjugale ratée avec Marlène, il avait renoncé à l'idée de se caser. Ni tombeur ni dragueur, Max coulait une vie sentimentale plutôt sobre. Son âme romantique avait tant espéré le grand amour qu'il en éprouvait bien sûr le regret, mais à quoi bon forcer le destin ?

Pierre, le sage frère aîné, était ravi de ce retour à une docile normalité à laquelle, bien malgré lui, Max avait cédé.

Il venait de fêter ses trente-six ans autour d'une tarte aux quetsches et son ami Manolo le traitait gentiment de vieux garçon. Michèle continuait à montrer à qui voulait bien les voir les photos de Max si parfaitement remis d'un grave accident cérébral : Max au ski, Max à la plage, les jumelles sur les épaules de Max, Max avec un bras cassé, Max avec un bonnet, Max au jour de l'An...

— On avait bien failli le perdre !

Son fils était une sorte de miraculé qui donnait à cette sainte mère des accents d'héroïsme, surtout les mardis soir auprès de ses amis du club de bridge.

Michel continuait à s'endormir sur les bouts de canapé.

Daphné n'en finissait plus d'essayer de s'extirper de sa dépression, et il faudrait bien qu'elle finisse un jour par l'admettre : elle n'était pas si malheureuse qu'elle l'espérait. Ses deux filles, désormais adolescentes, avaient le pouvoir – outrageusement exercé – de l'exaspérer. Mais puisque leur petite enfance avait déjà été un calvaire pour ses nerfs, finalement, elle n'avait pas davantage à s'en plaindre aujourd'hui et puisque Pierre, ses beaux-parents et Maximilien acceptaient régulièrement de prendre le relais... elle pouvait continuer à maugréer avec la même intensité.

Tout était rentré dans l'ordre, comme avant (Marlène en moins).

Au début, Max avait lutté contre cette érosion du temps qui avale des pans entiers de notre histoire. Il connaissait le prix de l'oubli. Il avait gardé au coin du cœur le chagrin d'un amour perdu, et au coin des lèvres, le regret d'un baiser à rendre. Il avait simplement glissé dans le confort médiocre de ce qui ressemblait désormais à un renoncement.

Pourtant, le portrait inachevé de Diane trônait toujours dans son appartement du XVe arrondissement où il résidait, seul. Une sorte d'œuvre d'autrefois comme une renaissance jamais totalement accomplie. Il la contemplait parfois très longuement, lui adressant de longs monologues muets.

Hélas, son livre en forme de lettre d'amour, sa bouteille à la mer, n'avait pas trouvé de rivage. Le pont était resté en plan au milieu du gué. Aucune maison d'édition n'avait accepté de publier l'ouvrage. Le manuscrit refusé avait rejoint le tiroir du bas de son grand bureau en noyer, avec toutes les autres lettres, preuves irréfutables qu'un amour avait bien jailli le temps d'un été indien entre Paris et Senlis. Là, se trouvaient aussi les romans de David Foenkinos et le CD de Lucio Battisti. C'était une histoire pliée dans une grosse enveloppe kraft qui contenait également les refus des éditeurs : « Malgré d'évidentes qualités, nous avons le regret... » ; « ... ne correspond pas à notre ligne éditoriale... » ; « ... avez-vous pensé à l'autoédition ? » ; « ... si vous avez une lettre à adresser, il serait plus judicieux de vous en remettre à La Poste ! ».

Max avait fini par se convaincre que les plus belles histoires sont celles qu'on n'a pas vécues. Son bel enthousiasme s'était essoufflé. La tendre herbe folle d'un nouveau printemps inespéré avait été coupée bien ras. Il n'en gardait que ce parfum insaisissable de verdure fraîche après la pluie. Diane était son jardin secret. Il s'y perdait parfois en songe, en promeneur solitaire. Mais la plupart du temps, il fonçait, la tête dans le guidon, dans ce que le quotidien offrait d'opportunités.

Max se consacrait principalement à sa réussite professionnelle. Son cabinet d'architecture d'intérieur était florissant. Certains de ses aménagements et restructurations avaient même été mis à l'honneur entre les pages glacées de prestigieux magazines de décoration. On le sollicitait pour des conseils ou des travaux dans les appartements luxueux des beaux quartiers, dans les résidences secondaires de Normandie ou de l'île de Ré. Il n'envisageait pas encore d'arborer la Rolex au poignet, preuve pour certains d'une première moitié de vie glorieusement accomplie. Max était simplement heureux de vivre confortablement de sa passion, fier de ses réalisations et fort apprécié de sa clientèle.

Le destin, ou plutôt ce que Max appelait sa providence, revint s'offrir à lui un jeudi matin, bien qu'en temps normal le jeudi soit un jour où il ne se passe rien. L'événement eut lieu alors qu'il sortait en pressant le pas du cabinet « PIQUARD CONSEILS & CONCEPT » pour se rendre à un rendez-vous urgent à Versailles. Un bus fumant de la RATP manqua de justesse de le percuter au moment où il s'apprêtait à traverser la chaussée un peu trop distraitement. C'est à croire que cette entreprise de transport en voulait à sa vie pour la deuxième fois.

Pourtant, ce jeudi-là, ce fut dans un vacarme de locomotive, au milieu des klaxons et des gaz d'échappement, au beau milieu du passage piéton encombré de deux-roues acrobates et barré du bus 22 à soufflet, que surgit la figure de Diane !

2

HÉRITAGE

— Bonjour madame, gendarmerie de Senlis à l'appareil.

Monique fut parcourue d'un frisson. Elle se sentit projetée six ans en arrière, lorsque Diane, privée de son téléphone portable, avait été injoignable dans cette ville lointaine et qu'elle s'était fait un sang d'encre : pourvu que tout aille bien, pourvu qu'il ne lui soit rien arrivé ! Monique avait souffert de ce silence pesant alors qu'elle tournait en rond en traînant la patte dans son nid vide. Chacun de ses appels depuis le téléphone fixe de la propriétaire, depuis un café ou le portable d'un des acteurs de la série était un soulagement. Sa petite semblait heureuse, amoureuse même ! C'était le meilleur moment pour Diane, le début de la grande aventure de sa vie. Monique l'avait couvée trop longtemps dans son giron. Elle devait accepter de lui lâcher la main. Il était bien normal qu'elle prenne son envol, ses allers-retours à Paris, les cours de comédie, ses amoureux de passage, les tournages publicitaires... ce n'était qu'un préambule. Diane avait sa vie à faire. Monique s'était résignée à retourner à sa solitude après vingt-neuf ans d'amour fou.

Le temps de ses angoisses de réussite et de sécurité pour sa petite-nièce était bien révolu désormais. Aujourd'hui, Monique se sentait fière et rassurée. Tout ce qu'elle avait espéré pour Diane se réalisait, sauf un amour stable qui la comble enfin, car avec Gontran, ça n'avait rien donné. Elle s'était remise avec son épicier bio à la sexualité extravagante. Monique n'approuvait pas cette relation bancale qui ne ressemblait pas à de l'amour.

Alors, c'est vrai que Diane venait rarement à Dijon. Elle voyageait beaucoup, passait de longs mois sur des tournages et appelait quand elle pouvait, pas souvent... Heureusement, Monique n'était pas vraiment isolée. Les deux premiers étages de son immeuble constituaient une aimable société de retraitées plus ou moins âgées qui avaient du temps libre et les mêmes centres d'intérêt. Et puis, bien sûr, Mme Molens était fidèle au poste, vigilante malgré sa surdité, et toujours aussi bavarde. Alors, il n'y avait pas de quoi souffrir de la solitude.

À seulement trente-cinq ans, la chair d'un petit tiers de sa propre chair connaissait enfin le succès ! Après l'échec du tournage du film de Tess en Sicile, Diane s'était consacrée au théâtre et elle tournait régulièrement en province. Elle avait joué au parvis Saint-Jean à Dijon où la pièce avait beaucoup plu. Monique l'avait même lu dans le journal qu'elle avait découpé et collé dans un petit cadre qui trônait sur le buffet ! (Le découpage d'icônes était une tradition familiale.)

Malgré quelques discrètes apparitions, le cinéma l'avait un peu boudée. Diane n'avait joué que les utilités, comme on dit… Mais à présent, elle entrait dans un nouvel univers ! Elle avait décroché le premier rôle dans une comédie populaire et la promotion du film battait son plein. Dans l'escalier B de l'immeuble de Monique, les voisines ne parlaient que de ça ! Toutes ces dames fomentaient même le projet de monter à la capitale pour assister à l'avant-première du film. Mme Molens promettait de les conduire jusqu'à Paris dans sa Clio verte (toutes, sauf la concierge évidemment !).

Cet appel d'une gendarmette de Senlis laissa Monique un peu désorientée. Diane était à Nice pour son travail. Quant à Monique, elle n'avait jamais mis les pieds à Senlis, et ne situait d'ailleurs pas très bien cette ville sur une carte.

— Nous vous contactons au sujet du décès de Marie-Catherine Guétary de Saint-Lazare. Pouvez-vous nous indiquer si vous êtes de sa famille ?

— … ?

Se pouvait-il qu'il s'agisse de la Cathoche ? Une cousine germaine de sa mère, morte en 1973 empoisonnée par une amanite phalloïde confondue avec un bolet des prés, lui revint en mémoire. Depuis cette histoire, on n'allait plus aux champignons de ce côté de la famille. Mais la Cathoche s'appelait Pinard comme tous les Pinard de Bourgogne du côté de sa mère… ça ne pouvait pas être elle ! Monique ne connaissait aucune Marie-Catherine. D'ailleurs, personne ne portait de prénom composé, ni du côté de sa mère ni du côté de son père.

— Vous m'entendez, madame ?

— Euh oui... eh bien, non, je ne vois pas très bien de qui vous voulez parler.

— Cette personne vivait sans abri, à Senlis, depuis de nombreuses années. Nous n'avons pas d'informations précises à son sujet. On sait seulement que les gens du centre-ville la connaissaient de vue et l'appelaient Fifine, à cause de Séraphine de Senlis, vous comprenez ?

Non décidément Monique ne comprenait rien !

— Nous avons retrouvé dans son caddie sa pièce d'identité périmée et deux livres dont un contient vos coordonnées. J'ai le regret de vous annoncer qu'elle est décédée.

— Ah ben, je suis désolée..., répondit Monique sans trop savoir quoi ajouter.

Elle présenta ses condoléances à la gendarmette.

— Vous êtes bien Diane Brey ?

— Ah non, moi, c'est Monique Brey. Diane est ma nièce ! Enfin la fille de ma nièce, la petite-fille de mon frère si vous préférez. Mais vous la connaissez peut-être, elle fait du cinéma !

— Non, désolée, madame. En revanche, de son vivant, la défunte en question récitait des vers à longueur de journée. Il est possible qu'elle soit d'origine aristocratique et qu'elle ait eu autrefois une carrière de tragédienne d'après certaines rumeurs. Hélas, elle était un peu folle au point de terrifier les enfants du centre-ville. Elle nourrissait les chats errants et son hygiène était déplorable, mais personne n'avait jamais eu de véritables motifs de s'en plaindre. Pensez-vous que Marie-Catherine Guétary de Saint-Lazare, dite « Fifine », puisse être un membre de la famille de votre nièce ?

— La mère de Diane était aussi un peu dérangée, si vous voyez ce que je veux dire, mais si on avait eu de la famille dans la noblesse on l'aurait su ! Non vraiment, je ne vois pas pourquoi cette « Fifine » possédait les coordonnées de Diane...

— Et Maximilien Piquard ou Riquard, désolé, c'est mal écrit, troisième D, ça vous dit quelque chose ?

— Depuis que ma petite a bien grandi, je ne connais pas personnellement de collégiens...

— Fifine a pu dérober les livres que nous avons trouvés en sa possession : *Le Cid* de... (elle vérifia sur la couverture) Corneille ! Et *En cas de bonheur* de David Funky, Foncu...

— Foenkinos ! Ah ça oui, c'est sûrement à ma nièce !

Voilà une enquête rondement menée ! La gendarmette promit que les livres lui seraient prochainement restitués par courrier. Et puisque Fifine n'avait aucune famille identifiée, c'est la mairie de Senlis qui s'occuperait de sa dépouille, Monique n'avait pas à s'en faire, on ne lui réclamerait rien pour les obsèques...

— Encore heureux ! répondit-elle, soulagée.

3

Bowling

Depuis que son visage lui était apparu telle une révélation, sur l'affiche du film placardée contre le bus 22, Maximilien ne pensait plus qu'à ça. Il avait vu son nom étalé en lettres capitales sous le titre : Diane Brey ! C'était elle ! Elle s'était plantée devant lui au carrefour, en grand format, exactement le même portrait que celui qu'il avait tracé sur la toile six ans plus tôt. Ses yeux, enfin grands ouverts, ne regardaient que lui. On avait évité la collision, mais pas le choc. Max était encore en état de sidération depuis sa découverte du matin.

— Strike !

— Encore une fois ?

Il n'avait pas vraiment la tête au bowling. Mais comme la chose était promise de longue date pour soulager Daphné (et que sa belle-sœur supportait mal les contrariétés), il avait accompagné ses nièces au bowling comme prévu. Il faisait bonne figure, mais il était loin de ses performances habituelles.

C'était le deuxième strike de Marina en moins de dix minutes. Elle exécuta une petite chorégraphie digne des meilleures pom-pom girls du Super Bowl, dont elle avait adopté le mini-short, et se jeta dans le fauteuil en Skaï au bout de la piste pour siroter bruyamment le fond d'un Sprite agrume déjà éventé.

Maximilien, un peu distrait, et Delphine, le regard hypnotisé par son portable, morte de rire – à cause d'une vidéo de chatons trop rigolote –, la rejoignirent en traînant leurs drôles de chaussures bicolores à bouts ronds sur le parquet luisant.

— Moi, je ne vous emmène plus au bowling les filles ! Vous vous entraînez en cachette ou quoi ?

— Tu te rouilles, tonton ! Place à la nouvelle génération !

Maximilien, un peu dépité, ne savait plus sur quel terrain il avait encore des chances d'épater ses nièces, ces jumelles de quatorze ans et un mètre soixante-douze, maquillées comme des stars de téléréalité, nombril au vent. Comment était-il possible que les deux adorables blondinettes qui rêvaient de licornes, il n'y a pas si longtemps, et pour lesquelles il s'était déguisé en Père Noël et avait joué à la dînette, se soient transformées en si peu de temps en agaçants volatiles à la dentition métallique et au QI désolant. Malgré les écoles privées et les cours particuliers de mathématiques, les deux gamines pataugeaient dans une sous-culture choisie pour elles par des algorithmes bien renseignés.

Maximilien se dit que ce n'était peut-être qu'un mauvais moment à passer... Et puisque les adolescents recèlent parfois d'insoupçonnables compétences, il sollicita leur aide :

— Dites, les filles, j'ai besoin de vos lumières. Je cherche à contacter une personne célèbre, vous croyez qu'avec vos réseaux sociaux, il y aurait une possibilité ?

— Ça dépend, c'est qui la meuf ? Une youtubeuse ? Une instagrameuse ? Tu veux la pécho ?

Delphine parlait fort à cause de la musique du bowling qui n'était guère propice aux conversations intimes.

— Une actrice.

— Jeune ou vieille ?

— Trente-cinq ans.

— OK, vieille ! conclut Marina en mâchouillant sa paille.

Maximilien lui tendit son portable allumé :

— Tiens, j'ai déjà fait une recherche rapide sur Allociné !

— Elle est canon !

En un éclair, Delphine avait mené sa propre enquête sur Facebook, Instagram et Twitter.

— Elle est pas sur les réseaux. Y a que des fan-pages.

— C'est quoi ça des fan-pages ?

— Des gens qui la kiffent, comme toi !

— Comment je peux faire pour la contacter ?

— Ben, écris-lui une lettre comme au Moyen Âge !

Les filles explosèrent de rire.

Des lettres, il en avait plein le tiroir de son bureau, il en avait même fait un livre.

— J'ai pas son adresse.

— Ben alors, c'est mort !

— Pas sûr…, annonça Delphine qui avait approfondi sa cyberenquête. Elle joue dans un film qui sort en avant-première dans un cinéma à Paris samedi de la semaine prochaine et l'équipe du film sera présente !

— On a qu'à y aller, proposa Marina juste après une grosse bulle de Malabar, puis elle cracha son chewing-gum dans sa canette et partit photographier l'écran de contrôle de l'équipe d'à côté. Elle semblait beaucoup plus intéressée par les joueurs dont les noms s'affichaient en blanc sur le fond bleu – BigBG, Tophe, Lolo, Lacouille, et surtout Zobi qu'elle trouvait trop mignon un peu comme les chatons de la vidéo, mais en plus excitant – que par les vieilles histoires de cœur de son oncle.

— Tu veux ta revanche, tonton ? lança-t-elle, en se trémoussant, trois doigts coincés dans une boule orange devant le regard médusé de Zobi, la vingtaine arrogante, qui jouait sur la piste voisine.

4

Aire d'autoroute

Mme Molens s'était rendue à la station-service du supermarché la veille pour être sûre d'avoir le plein d'essence avant le départ. Elle avait aspiré les sièges de sa voiture qui étaient maculés de miettes de biscuits et avait accroché devant le pare-brise un Arbre Magique parfum sapin synthétique, tout neuf, afin que la voiture soit accueillante pour le voyage du lendemain. Les deux voisines du premier étage étaient allées exprès chez le coiffeur.

Quant à Monique, elle avait mis sa jolie robe bleue (celle avec des fleurs). Elle n'avait pris ni dîner ni petit déjeuner tant elle avait le ventre noué.

— Vous êtes sûre que vous allez vous en sortir pour rouler dans Paris ?

— Ma chère Monique, j'ai le permis depuis quarante-huit ans et je conduis en centre-ville tous les samedis !

Le reste de la semaine, elle ne quittait guère la résidence et se contentait des petits commerces de quartier où elle se rendait à pied avec son caddie à roulettes.

— Vous avez mis les bonnes lunettes, j'espère ?

Mme Molens souffla d'exaspération mais vérifia discrètement dans le rétroviseur que c'était bien ses lunettes « de loin », ses lunettes « de près » (les dorées) étaient rangées dans leur étui au fond de son sac. Elle en profita pour rectifier son rouge à lèvres.

Les deux voisines sur la banquette arrière s'endormirent avant même que la Clio verte soit engagée sur l'autoroute. Il faut dire qu'il était très tôt. La séance du film en avant-première était programmée à 18 heures mais Monique avait jugé plus prudent de partir dès l'aube pour ne pas risquer d'être en retard. Il y avait tout de même presque quatre heures de route ! Et si on voulait faire des pauses...

Ce soir, elle dormirait chez sa nièce. Ses trois compagnes de route avaient réservé des chambres d'hôtel dans le même quartier. Elles passeraient ensemble le dimanche à Paris avant de rentrer. Mme Molens voulait absolument voir la tour Eiffel. Si cette petite expédition se passait bien, comme chacune l'espérait, on pourrait renouveler l'expérience et aller à Lyon et pourquoi pas à Marseille pour voir la mer ! Ce voyage ouvrait de nouveaux horizons.

Était-ce l'odeur écœurante de l'Arbre Magique, le fait d'avoir les yeux rivés sur le GPS, les bavardages incessants de Mme Molens ou ses coups de frein inopinés ? Personne ne sut exactement ce qui provoqua les premières nausées de Monique au bout d'une cinquantaine de kilomètres. Puisqu'il était encore tôt, une première courte pause sur une aire d'autoroute, pour faire quelques pas, serait la bienvenue.

— Vous allez vous aérer et manger un petit gâteau, j'en ai dans la boîte à gants, et tout ira mieux !

Les deux mamies à l'arrière, soudain réveillées par l'arrêt du ronronnement du moteur, s'étonnèrent qu'on soit déjà arrivé.

5

Avant-première

S'il arrivait en retard à l'avant-première, ce serait à cause des filles ! Les jumelles n'en finissaient plus de se préparer.

— Dépêchez-vous ! cria mollement Daphné depuis le bas des escaliers. Tonton est pressé !

Max avait recoupé toutes les informations possibles ! Le seul moyen de voir Diane était de se rendre à l'avant-première du film qui devait avoir lieu ce samedi soir dans un cinéma parisien en présence du réalisateur et des acteurs principaux.

Six ans après leur première rencontre, Max allait enfin revoir celle qui avait habité son amnésie et qu'il avait tant cherchée, son fantôme d'amour.

Les filles s'engouffrèrent à l'arrière de la voiture, et Max quitta Marly-le-Roi en espérant que l'entrée dans Paris ne serait pas trop embouteillée.

— Vous abusez les filles, je vous avais demandé d'être prêtes ! On va être à la bourre, là.

— « C'est toujours l'impatience de gagner qui fait perdre » !

Delphine était la plus philosophe des deux sœurs. Elle avait collé cette citation cueillie au hasard de ses errances sur des réseaux sociaux toujours envahis d'injonctions à la sagesse. Elle l'avait imprimée et collée sur la première page de son agenda scolaire. Et depuis cet acte fondateur de sa personnalité, Delphine élevait cette maxime au rang de devise personnelle, faisant de sa nonchalance un étendard glorieux.

— C'est de toi cette phrase ?

— Non, je crois que c'est de Louis XIV...

C'est ce que prétendait le promoteur de la lenteur dans le post initial illustré d'un coucher de soleil sur une plage paradisiaque. (Et il semblerait que ce soit vraiment une citation du monarque !)

— En vrai, on s'en fout de qui c'est ! Ça va le faire tonton, on est large ! avait déclaré Marina, avec toute la désinvolture qui caractérise les plus belles heures de la puberté.

Elle se remit aussitôt à téter bruyamment une Chupa Chups goût coca, avachie contre la vitre arrière, soudain obnubilée par la sculpture parfaite du petit cul d'un joggeur qui venait de dépasser la voiture de Maximilien à l'arrêt au feu rouge. Marina fila un coup de coude à sa sœur en désignant le beau gosse qui s'éloignait en une foulée chaloupée. Delphine dégaina son portable pour immortaliser cet instant de poésie volée à la fadeur du temps. Les deux adolescentes se mirent à glousser.

Le périphérique était fluide, c'est au centre de Paris que la situation se compliqua. Des coups de klaxon, l'extraction d'un poil de nez ou une retouche de maquillage dans le rétroviseur, un camion en travers, des touristes distraits qui traversaient n'importe où, le bus 69 qui vrombissait de rage sur son couloir saturé d'engins de toutes sortes, de grands Blacks olympiques zigzaguant à vélo avec des hottes sur le dos, des bras qui gesticulaient en sortant des portières...

— Tu la bouges, ta caisse, connard !

Maximilien décida de bifurquer sur une rue à droite, histoire de sortir du bourbier, sinon, c'est sûr, ils allaient louper la séance.

Un sens interdit. Tant pis...

— Sinon, on n'y sera jamais ! Marinette, Finou, je vous lâche ici, allez récupérer les billets, ils sont réservés à mon nom et attendez-moi dans le hall, je trouve une place vite fait et j'arrive.

Il abandonna sa voiture sur un trottoir, entre une borne à incendie et un platane lépreux, pas le temps de trouver mieux. Maximilien se mit à courir pour rejoindre les filles.

Sous les affiches lumineuses du cinéma Gaumont, la queue avait été presque entièrement engloutie dans l'obscurité des salles feutrées. Seul, le hall restait encombré de couples enlacés, d'enfants qui réclamaient du pop-corn, de parents débordés, de spectateurs solitaires qui rêvaient en écoutant les conversations bruyantes de ceux qui les précédaient dans ce cortège.

— Vas-y toi, Finou ! Moi, faut que j'aille aux toilettes sinon je tiendrai pas tout le film !

Delphine claqua une belle bulle de Malabar :

— OK, mais magne-toi ! Tonton va pas tarder.

Elle alla s'agglutiner aux spectateurs qui piétinaient devant les caisses.

Sur le trajet des toilettes, en se faufilant dans la foule compacte, Marina créa une petite bousculade, elle se retint cependant de prononcer à voix haute ce qui lui passa par la tête : *Ben, ça va, ne t'excuse pas ! Marche-moi sur les pieds ! Mais pour qui elle se prend celle-là ? Merde, mais je rêve, c'est l'actrice !*

L'actrice, Diane Brey, adressa un « pardon » distrait à Marina qui la fixa effarée en ajustant ses seins dans sa brassière. Portable vissé à l'oreille, en quittant le cinéma aussi vite qu'elle le pouvait malgré ses hauts talons, Diane semblait inquiète.

Maximilien entra dans le hall au moment où un taxi l'emportait.

6

Auxerre

Monique n'en menait pas large dans la salle d'attente des urgences de l'hôpital d'Auxerre.

— Je suis tellement désolée ! Je ne voulais pas qu'on te prévienne. Ce n'est pas grave du tout. C'est Mme Molens qui a préféré m'emmener aux urgences parce que j'avais déjà vomi quatre fois, elle a pensé que c'était peut-être un empoisonnement et comme je lui avais raconté comment ma cousine la Cathoche était morte à cause des champignons, elle a dit : « Une ni deux, je vous emmène à l'hôpital ! » Elle a cru que j'avais mangé des champignons, bref elle n'a pas dû bien entendre... Je ne mange jamais de champignon, tu sais bien ! Je lui ai pourtant dit que je n'avais rien mangé du tout à part les biscuits au beurre. Le médecin a dit que ça pouvait être une « psychosomatique ». C'est bien la première fois que je fais une « psychosomatique », j'en ai jamais fait avant. Oh ! Je m'en veux tellement ! Tu as raté ton avant-première à cause de moi !

Monique chouina un peu, l'air craintif en scrutant les réactions de sa nièce.

— Ne t'en fait pas tata, ce n'est pas mon premier rendez-vous manqué ! Et ce ne sera sûrement pas le dernier... le film sortira quand même mercredi ! Rien de catastrophique. Comment te sens-tu maintenant ?

— Un peu honteuse ! Ils ont mis ma robe dans un sac plastique, tu sais la bleue, celle avec les fleurs, et ils m'ont prêté cette blouse.

Elle souleva un sac-poubelle en soupirant pour montrer à Diane son désolant trophée de voyage.

— Le plus important est que tu te sentes bien maintenant ! Où sont passées Mme Molens et les autres voisines ?

— Mme Molens les a accompagnées à la gare, elles voulaient rentrer directement à Dijon en train. Elles ont dit : « Tant pis pour Paris, on verra ça une autre fois. » La chambre d'hôtel était remboursable, alors... Ensuite, Mme Molens est partie faire nettoyer les sièges de sa voiture dans un garage... je la dédommagerai pour les frais bien sûr ! Chaque fois que j'entreprends un voyage, ça tourne mal ! Tu te souviens, la Sicile ? Mais qu'est-ce que j'ai fait au bon Dieu ?

Lorsque quelque chose tournait mal, Monique se pensait toujours responsable d'une offense au bon Dieu.

— C'était il y a cinq ans, tata ! Une éruption volcanique ce n'est pas de chance, mais tu n'étais pas personnellement visée. La fatalité, ça n'existe pas ! Je suis sûre que ton prochain voyage te conduira à bon port ! Allez, c'est oublié ! On y va !

Monique se signa :

— En espérant que ce ne sera pas mon dernier voyage...

Diane caressa la main fripée de sa tante qui s'était agrippée à son bras. Dans l'autre main de Monique se balançait le sac-poubelle rempli de sa jolie robe toute souillée de ses angoisses.

Moins de deux heures plus tard, Monique et Diane entraient sans difficulté dans Paris par la porte d'Italie. La Fiat 500 de Diane était suivie d'une grosse grenouille verte qui roulait au diesel : la Clio parfaitement désodorisée de Mme Molens pressée de découvrir la tour Eiffel.

Pour l'avant-première, évidemment, c'était fichu.

7

Miroir

Max imagina furtivement lever le bras et l'agiter bien haut pour vérifier que le reflet ferait de même. Depuis plus de cinq minutes, il était assis face à son double. La similitude était quasi parfaite à quelques détails près. Cet autre lui-même portait un col roulé de cachemire noir, Max était en bras de chemise. Les premières neiges commençaient à saupoudrer la chevelure et la barbiche de son interlocuteur qui devait avoir une dizaine d'années de plus que lui et parlait avec assurance, d'une voix posée. Il ne semblait pas relever la frappante ressemblance qui les unissait et restait impassible. Alors que Max ne pouvait distraire son esprit de cette incontestable évidence : il dialoguait avec son sosie ! David Foenkinos exposait dans les grandes lignes son projet de rénovation pour l'appartement qu'il venait d'acquérir.

C'est Manolo qui lui avait recommandé de s'adresser au cabinet « Piquard Conseils & Concept » s'il voulait faire des travaux.

— Mais d'où tu le connais ? s'était étonné Maximilien.

— C'est moi qui lui ai refait toute sa salle de bains : faïences italiennes, modèle Aphrodite ! Et on a mis du beau matériel... Mais le reste de l'appartement mérite un rafraîchissement si tu veux mon avis. Je lui ai donné tes coordonnées, il va t'appeler.

Effectivement, dès le lendemain, l'écrivain laissait un message sur le répondeur de Max et le rendez-vous fut pris.

Les deux hommes bavardèrent assez longuement au sujet des cloisons à abattre, des nouveaux papiers peints, des parquets, de l'îlot central et du double vitrage. Mais Max ne pensait qu'à ce voyage vers la beauté dans lequel l'auteur l'avait propulsé sans le savoir six ans plus tôt – voyage qu'il n'avait jamais achevé. Entre eux, il y avait le souvenir de Diane sauvé du néant qui se promenait au-dessus des plans de l'appartement comme un fantôme familier.

Maintenant qu'il avait vu le film en avant-première dans son premier grand rôle, Max savait tout des mimiques de Diane, sa façon de marcher, ce grain de beauté, là, juste au-dessus de sa bouche. Elle riait fort. Il s'était enfin souvenu de son rire en la redécouvrant sur écran géant. Il avait entendu sa voix comme pour la première fois, une voix grave et chaude qui l'avait surpris et séduit. Cette femme avait un étrange pouvoir sur lui. Elle l'attirait, le charmait, mais restait insaisissable. Elle continuait à jouer, comme aux premières heures de leur histoire. Ce n'était pas de chance, le réalisateur l'avait excusée, elle n'avait pas pu assister à la projection publique. Max était encore revenu bredouille. Et contre toute attente, voilà que l'idole de Diane, celui qui avait joué les entremetteurs au commencement de leur histoire, se présentait à lui quatre jours plus tard.

Max ne s'en aperçut pas, mais un sourire niais se dessina doucement sur son visage alors que son esprit divaguait.

David Foenkinos, malgré les recommandations de son carreleur, les commentaires favorables sur Google My Business et un article élogieux dans le magazine *Bien vivre mon intérieur,* se posa quelques questions sur l'efficacité de ce professionnel qui, manifestement, avait la tête ailleurs. Pourtant, il éprouva d'emblée une sorte d'affection bienveillante à son égard, peut-être parce que ce Maximilien Piquard lui rappelait vaguement un cousin du côté de sa mère qui avait à peu près tout raté dans sa vie, mais s'escrimait à faire croire le contraire. Il avait ce même rictus suspendu entre regret et espoir.

À bien y regarder, c'est vrai que ce Maximilien avait un air de famille ! Outre cette formidable texture de cheveux – forcément indépendante de sa volonté – qui avait la particularité de pousser dans des dimensions qui échappaient à l'attraction terrestre (soit en hauteur et en largeur, mais jamais en longueur), il lui parut vraisemblable que le patron de l'agence Piquard cherchait à l'imiter : la taille de sa barbe et le choix de la monture de ses lunettes rendaient le mimétisme évident. David Foenkinos eut un sourire attendri. Il avait tout imaginé sur les probables issues de sa vie, sauf devenir une égérie beauté à quarante ans passés.

Lorsque les possibilités envisagées pour l'aménagement de son nouvel appartement furent épuisées, la conversation entre les deux hommes prit une nouvelle direction.

C'est l'auteur qui osa le premier s'aventurer sur le chemin des questions intimes alors que Maximilien n'en finissait plus de se repositionner sur sa chaise. Il avait quelque chose à lui dire qui ne concernait pas les travaux. Si c'était une demande de dédicace, il n'y avait pas besoin de tergiverser, David se plierait volontiers à l'exercice.

8

Tess

Le monde entier s'était donné rendez-vous là. Et pour une fois que Tess était à l'heure – pas en avance, juste à l'heure –, elle se mit à recompter frénétiquement ses bagages.

Il en manquait un.

— Vous êtes sûr qu'il n'a pas pu glisser ?

Le chauffeur de taxi était formel :

— S'il n'était pas avec vous sur le siège arrière, c'est que vous ne l'avez pas pris. Vous voyez bien qu'il n'est pas dans le coffre !

— Un sac orange, en cuir verni, grand comme ça ! Bon sang, je suis persuadée de l'avoir emporté !

Pendant que le chauffeur de taxi auscultait l'ourlet de sa jupe à la lisière des fesses, Tess palpait à nouveau la banquette arrière et les tapis de sol impeccables qui sentaient la mousse à moquette auto. Non, décidément, il n'était pas là ! Elle ne pouvait pas partir sans ce sac !

— Mais il y a toute ma vie dedans !

Le tableau qui s'offrait au chauffeur changea brutalement de style. Il resta muet d'effroi devant le visage décomposé que Tess pressait avec désolation entre ses paumes moites, à la manière d'un célèbre peintre norvégien. Le gars comprit que la situation pouvait être grave : et si elle n'avait pas de moyen de paiement ?

Heureusement, elle sortit sa carte bleue et son téléphone d'une mini-pochette en strass qu'elle portait en bandoulière. Elle put payer la course et appeler Diane au secours.

— Ben sur mon lit, à tous les coups ! Ou dans le salon… Regarde dans la cuisine on ne sait jamais ! Oh, merci, Diane ! Tu me sauves la vie. Je ne peux absolument pas rater cet avion, c'est pour ça que je suis partie si tôt ! Ce doit être à cause de la précipitation… Tu sais que je ne suis pas du matin !

Diane avait la clé de son appartement. Pour Tess, c'était une vraie sécurité.

— Je passe chez toi, je te rappelle. Après il me faut quand même quarante minutes au moins, si ça roule bien !

— Ça va le faire, on doit toujours se présenter des plombes en avance ! Mais ne traîne pas trop ! Je t'attends. Merci ! Merci ! Je te le revaudrai ! Je vais enregistrer ma valise en attendant. Je suis au terminal 1.

Moins d'une heure plus tard, Diane était devant les baies vitrées du terminal 1, la Fiat 500 garée à la va-vite au dépose-minute. Elle brandit le sac orange en voyant Tess au loin qui courait dans sa direction avec sa minijupe et ses baskets compensées.

— Je t'adore ! Je rentre jeudi prochain, je t'appelle à mon retour !

Le temps passait, mais Tess et Diane restaient les meilleures amies du monde. L'échec du tournage de son premier film à cause des caprices du volcan ne l'avait pas découragée. La production ne l'avait pas suivie quand elle avait proposé de modifier le scénario et d'aller tourner ailleurs. Mais ce n'était que partie remise. Elle restait convaincue qu'un jour, elle parviendrait à ses fins. Elle enchaînait les collaborations au cinéma et son carnet d'adresses ne cessait de s'étoffer.

— Ah, au fait, j'ai rencontré les frères Foenkinos sur un tournage ! Tu es toujours fan de l'écrivain ? Son frère est réalisateur, on va peut-être bosser ensemble sur l'adaptation d'un de ses romans, il faudra que je te raconte ça !

La vie trépidante des deux amies ne leur laissait plus guère de temps pour les potins et les confidences. Pourtant, cette fois, Diane aurait bien aimé en savoir davantage.

Mais Tess était déjà partie.

En s'éloignant des guichets d'enregistrement, Diane aperçut son visage sur un magazine dans la vitrine du point presse. Jusqu'à la sortie de ce film, elle avait vécu au fil de l'eau, pensant que son existence était un long fleuve tranquille qui coulait paisiblement dans une raisonnable et heureuse direction. Les épisodes du chemin n'avaient jamais la saveur piquante du bonheur. Elle se laissait glisser vers les lendemains, confiante, mais sans jamais verser dans aucun excès, aucune passion véritable.

Diane faisait partie de ces gens qui, contrairement à Tess, ne provoquent pas le destin, ne brûlent pas les étapes. Elle était modeste et patiente. Et dans son métier (mais cela est sans doute aussi valable pour les kinésithérapeutes et les gestionnaires de patrimoine), ce genre de modération est un obstacle aux grandes envolées.

Pourtant, le temps avait fait son œuvre. Son visage et son nom s'affichaient désormais sur les grands encarts publicitaires des couloirs du métro et des bus parisiens. Elle avait été invitée à plusieurs émissions de télé et les critiques saluaient unanimement sa prestation. On la disait juste, drôle et touchante.

C'était un peu comme si son rêve de princesse se réalisait. Le cinéma posait sur sa tête une couronne de reconnaissance, elle se parait de nouveaux atours. La petite Dijonnaise, l'orpheline, sortait de l'ombre pour jouer dans la cour des grands. Son amie Tess y était pour quelque chose. Elle la présentait à tous en vantant ses talents, elle la traînait dans les soirées. C'est grâce à Tess qu'elle avait rencontré le réalisateur du film qui lui ouvrait enfin les portes du succès. Tata Monique était la plus fière. Elle avait raté l'avant-première à Paris, mais depuis son retour à la maison elle avait vu le film six fois en quatre jours dans deux cinémas différents de Dijon ! Elle y était allée une première fois avec Mme Molens, puis avec chacune des voisines et deux fois toute seule.

Mais ce qui manquait le plus à Diane au milieu de ce rêve de princesse, c'était un prince, bien sûr. Alors, l'évocation de David Foenkinos par Tess au milieu du terminal 1 lui rappela qu'un jour, il y a longtemps déjà, elle avait frôlé l'amour. Un amour myope, avec des cheveux fous, une barbichette, des yeux pétillants, un amour possible, jamais consommé, qui lui avait écrit les plus charmantes lettres du monde. Un mirage de Foenkinos. Diane entra dans le point presse du hall 1 avant de regagner sa voiture et acheta le dernier roman de cet auteur qui lui avait autrefois montré la direction.

En mastiquant bruyamment son chewing-gum, la vendeuse de l'aéroport lui désigna une affichette collée au comptoir :

— Il fait une véritable tournée de dédicaces cet automne. Vous pouvez payer sans contact ! dit-elle en tendant l'appareil à carte bleue.

Diane jeta un coup d'œil et aperçut Paris et Dijon dans les dates annoncées. Ce serait amusant de le rencontrer. Elle en aurait des choses à lui dire ! Hélas ! En octobre elle serait au Portugal pour tourner dans une publicité pour un shampoing à l'huile d'olive. Pour elle, qui avait eu les cheveux brûlés à l'eau oxygénée pendant toute son enfance, c'était une belle revanche ! Elle noua ses longues boucles brunes en chignon et regagna sa voiture stationnée sur le dépose-minute.

Sa vie entière semblait stationner sur un dépose-minute. Rien de durable. Elle espérait un passager qui ne venait jamais.

9

Confidences

Il n'avait pas fallu le pousser beaucoup. Max avait tout raconté à son client, stupéfait : la rencontre avec Diane au musée du Luxembourg, le malentendu, la relation épistolaire qui avait suivi à Senlis par l'intermédiaire de la boîte à livres, la passion de Diane pour les romans de l'auteur, leur amour naissant, puis l'amnésie.

— Je sais que ça peut paraître fou ! C'est vous qu'elle espérait rencontrer. Elle devait le désirer si fort qu'elle m'a pris pour vous ! Il paraît qu'on se ressemble. Maintenant que je vous vois en vrai, il faut bien avouer qu'il y a quelque chose... Bref, au début, j'ai pensé que c'était une chance, après je suis devenu un peu jaloux, car j'ai bien compris que ce qu'elle aimait c'étaient vos mots, votre ton, votre humour. Vous étiez notre principal sujet de conversation. Pourtant, à force de confidences, nous avons fini par nous lier. Ces courriers nous ont attachés l'un à l'autre. Vous êtes un peu passé au second plan. D'ailleurs, il n'était plus question de cette ressemblance physique, car nous nous sommes peu vus : trois fois en tout d'après ce que j'ai pu reconstituer de nos échanges ! J'ai souffert d'amnésie à cause de mon AVC, comme je vous l'ai raconté, et cette période de ma vie est encore un peu floue. Nous avons surtout correspondu, à l'ancienne : en nous écrivant des lettres que nous déposions dans la boîte à livres de Senlis. C'était très romanesque, vous savez ! Ça peut paraître exagéré, nous n'étions plus des adolescents, pourtant, il s'est passé quelque chose de très fort, une sensation de joie, cette joie époustouflante que l'on ne ressent que dans l'enfance, pour une broutille, pour un bisou ou un bonbon… j'ai éprouvé cela comme pour la première fois à trente ans, ça vous semble peut-être absurde ? Hélas, ma mémoire reste partielle, je ne sais même pas si nous avons été amants ! Mais ce n'est pas le plus important. Tout ce qui me reste d'elle, ce sont nos lettres échangées, des sensations, des émotions, et un désir inassouvi. Comme une soif, vous comprenez ? Quand je suis sorti du coma, j'avais tout oublié, sauf elle dont je ne savais rien, mais qui avait imprimé sa présence en moi… Elle a survécu à tout, d'abord au coma et puis au temps qui passe… C'était il y a six ans déjà. Vous voyez, encore aujourd'hui, elle est la grande absente de ma vie, je ne peux me résoudre à abandonner cette sensation que j'ai d'elle. Elle est le fantôme de ma vie. Elle me hante. Tout ne s'explique pas par la raison et cette quête n'a rien de raisonnable. Je vais là où le cœur me mène. J'ai même écrit un livre pour essayer de la retrouver. Mais les éditeurs n'étaient pas intéressés. Je n'ai sûrement pas votre talent ! Voilà toute l'histoire. Maintenant qu'elle connaît un joli succès au cinéma, je crois que je n'oserais plus venir vers elle, elle ne comprendrait pas… Je lui suis sans doute devenu très étranger. Alors, la seule chose que je continue à faire, c'est me rendre chaque année à la boîte à livres de Senlis pour la date anniversaire de notre rendez-vous manqué. C'est mon petit pèlerinage. On me connaît maintenant dans le quartier, j'ai sympathisé avec le voisinage. Ils me prennent peut-être pour un original, mais tant pis ! Dans mon bouquin, je lui donnais rendez-vous chaque 3 octobre au même endroit, mais comme il n'a jamais été commercialisé… Maintenant, ça devient délicat. Elle doit avoir un mari, des enfants peut-être… je ne peux plus me permettre de faire irruption dans sa vie, même si je savais comment la joindre, je n'oserais plus. Je me contente d'aller à Senlis une fois par an, en comptant sur le hasard, et je bois un café avec Marcia.

— Marcia ?

— Une Brésilienne qui habite dans l'impasse où se trouve la boîte à livres. On a sympathisé. Mais je crois que cette année, ce sera la dernière fois. Diane ne viendra jamais, je dois me faire une raison ! C'est ce que doivent toujours se dire les fous, non ? ajouta-t-il en aparté.

Maximilien avait tout déballé d'une traite, comme un flot de paroles trop longtemps retenu. Il est toujours plus facile de se confier à des étrangers, et Max s'était toujours passé des services d'un psychologue, même après son AVC. Était-ce cette illusion du reflet dans un miroir lors de leur face-à-face ? Était-ce le presque silence de cet interlocuteur patient comme un analyste ou l'espoir fou qu'il puisse à nouveau jouer un rôle dans son histoire ? Il avait tout dit. Tout ce qu'il savait d'elle, tout ce qu'il éprouvait pour elle. Il avait parlé à l'écrivain comme on parle à un ami. Et puis soudain, il avait conclu, en se levant et en lui tendant la main comme il le faisait toujours :

— Je vous fais parvenir un devis dans la semaine, ça vous convient ?

10

Diane

Avant de s'absenter pendant plusieurs semaines pour son travail. Diane était venue passer quelques jours auprès de Monique, à Dijon.

— Tu ne voudrais pas venir t'installer à Paris ? Je pourrais te trouver un appartement tout près de chez moi ?

— Jamais de la vie ! Tu as ta vie à faire sans moi et puis tu es toujours par monts et par vaux ! Moi, ici, j'ai mes habitudes et mes voisines, ça me va très bien.

Tout était toujours impeccablement rangé, Monique soignait son intérieur. Bien sûr, elle était heureuse quand Diane venait lui rendre visite, mais elle avait su apprivoiser sa solitude. À vrai dire, Diane aimait aussi venir se réfugier dans le cocon de son enfance où Monique avait gardé chaque souvenir : les photos de classe, les articles de presse la concernant, ses jouets, ses livres. Dans la bibliothèque du salon, à côté des Harlequin de Monique, il y avait la Bibliothèque rose de Diane, les classiques étudiés en classe, les livrets de théâtre et l'emplacement des romans de Foenkinos soigneusement dépoussiérés chaque semaine. Or, Diane nota que deux volumes posés à plat étaient venus combler cet espace habituellement vide : *Le Cid* et *En cas de bonheur*. Elle jeta un coup d'œil du côté des classiques, *Le Cid* était bien rangé à sa place avec les autres œuvres du collège. *En cas de bonheur*, elle se souvenait très bien l'avoir abandonné dans la boîte à livres de Senlis. Pourquoi sa tante avait-elle fait l'acquisition de ses deux volumes qui ne ressemblaient pas à ses lectures habituelles ?

— Je ne les ai pas achetés, ils sont à toi. Ah ! Mais j'ai peut-être oublié de te dire qu'on me les a retournés !

— Retournés ?

— Oui, les gendarmes de Senlis les ont retrouvés dans le caddie d'une clocharde aristocrate et ils les ont envoyés par la poste.

— …

— Ils croyaient qu'elle était de la famille ! Manquerait plus que ça ! Pour *Le Cid*, à mon avis c'est une erreur, mais sur l'autre, il y a bien ton nom !

Diane ouvrit *En cas de bonheur* comme on ouvre une boîte de secours « En cas de danger » au cœur d'un incendie, avec la même hâte éperdue d'y trouver le petit marteau susceptible de briser la vitre qui retient prisonnier.

Elle remonta six ans de sa vie en un éclair. Son cœur palpitait aussi fort que toutes les fois où elle avait retrouvé les lettres de Max cachées entre les pages des livres.

Dans celui-ci, aucun trésor caché. Mais sa propre écriture sur la page de garde :

« Je t'ai attendu longtemps. Je saurai t'attendre encore. Diane Brey, chez Monique Brey. »

Il y avait l'adresse et le numéro de téléphone fixe de Monique.

Diane n'avait pas tenu promesse, et Max n'avait jamais reçu ce message.

— C'est Fifine, souffla Diane.

— Comment ?

— La clocharde ? C'est Fifine ? C'est elle qui a pris les livres ?

— Oui, c'est ça ! Fifine ! En fait, elle s'appelait Marie-Catherine de Machin-Chose... ! Elle est morte.

Diane s'assit dans le fauteuil relax avec repose-pieds de Monique, comme si elle essayait de se remettre d'une interminable course.

Si Max n'avait jamais pu retrouver ses coordonnées, peut-être ne l'avait-il pas complètement abandonnée ? Elle avait cette sale manie de se remettre à rêver pour un rien. Au fond d'elle-même, quelque chose était prêt à y croire encore. Si seulement elle connaissait son nom de famille...

De façon un peu machinale, Diane ouvrit le petit volume du *Cid* qui ne lui appartenait pas.

Stupéfaite, comme si un ange venait de répondre à sa question, elle lut à haute voix ce qui était écrit sur le revers de la couverture. L'encre d'un stylo-plume avait un peu bavé sur le carton jauni :

— Maximilien Riquard, troisième D.

— Ricard ? Comme le pastis ?

— Non. Avec un *q*.

11

Coccyx

— Non, rien à voir avec les surgelés ! Piquard avec un *q*.

— OK, oui, bien sûr, on a déjà un dossier ! Et ça vous fait très mal ?

— Ben oui, je ne peux plus m'asseoir !

— On va faire une radio, le médecin va arriver. Asseyez-vous dans la salle d'attente, on va vous appeler.

— Je préfère rester debout vous comprenez !

— Ah oui, bien sûr, excusez-moi...

La salle d'attente des urgences était bondée. Max resta adossé au mur dans le couloir pendant presque une heure.

Une charmante infirmière l'accueillit dans la salle de radiologie qu'il connaissait déjà. Il dut raconter pour la troisième fois comment cela était arrivé.

— J'ai voulu montrer à mes nièces que j'étais doué en skateboard. C'était le cas à une époque... Je vous assure ! J'ai dû oublier que le temps était passé... Il faut croire que ce n'est plus de mon âge.

— Vous êtes tombé où ?

— Au Trocadéro ?

— Non, je veux dire, dans quelle position ?

— Ah ! Sur les fesses, direct ! Je suis tombé assis, carrément. Sur le coup, j'ai cru que ça irait, mais la douleur ne passe pas, c'est pour ça que je suis venu.

— Vous avez bien fait.

12

DÉDICACE

— Pour Magali, sans *e* ! Merci ! C'est la véritable orthographe. La plupart des gens se trompent, à cause de « Nathalie » sans doute... Magali est un prénom provençal qui signifie Marguerite. C'est pour ça qu'il n'y a pas de *e*. Ça vient du grec à ce qui paraît ! Ça signifie « perle ».

Elle sourit, toute gonflée d'orgueil de se savoir perle de l'Attique.

David Foenkinos poussa un « Ah ? » plein d'intérêt pour conclure cette pointilleuse leçon d'étymologie qui ne pouvait évidemment que passionner un homme de lettres comme lui. Enfin, c'est ce qu'imaginait Magali qui rabâchait sûrement son histoire depuis des lustres. La quinquagénaire se trémoussait dans un chemisier léopard acheté exprès pour l'événement et qui sentait encore l'emballage d'export chinois.

Monique et Mme Molens attendaient patiemment leur tour, mais cette Magali n'en finissait plus de raconter sa vie ! Finalement, Magali *« sans e »* repartit vers la caisse en relisant sa dédicace pour vérifier que le maudit *e*, qu'elle traquait comme un ennemi en embuscade, n'entache pas sa perle.

Mme Molens avait promis à Monique qu'elle la laisserait parler. Mais une fois qu'elle fut placée en première ligne, tout contre la table de l'auteur, Monique ne put aligner que quelques voyelles interrompues de consonnes à peine ébauchées, une sorte d'abécédaire désordonné. Il y avait là la foule des *e* reniés par toutes les Magali de la région PACA.

Monique avait pourtant préparé un discours bien ficelé pour expliquer à David Foenkinos toute l'admiration que lui vouait sa nièce depuis l'adolescence, à tel point qu'elle était tombée amoureuse de son sosie, il y a des années de cela. Sûr qu'il aurait fait une dédicace spéciale et Diane aurait été bien surprise en déballant le paquet au Noël prochain !

Malheureusement, les émotions de Monique tordaient son ventre et nouaient sa gorge. Rien d'intelligible ne sortit de sa bouche balbutiante. Alors, Mme Molens, qui ne se laissait guère intimider que par le mari de la concierge, se chargea de reprendre les rênes d'un échange qui s'embourbait lamentablement. Elle expliqua toute l'affaire – à sa façon – en insistant sur le fait que Diane, qui était un peu comme sa fille, était devenue une grande actrice et qu'il la connaissait sûrement.

L'auteur s'excusa de ne pas la connaître personnellement, mais il en avait justement entendu parler récemment. Il promit de se renseigner au plus vite d'autant que cette histoire résonnait étrangement avec ce que lui avait raconté le chef des travaux de son nouvel appartement quelques jours auparavant. David Foenkinos comprit soudain que la dédicace, qu'il s'apprêtait à tracer en forme de fleur sur la page de garde, pouvait être investie du pouvoir de changer deux destins. Cette coïncidence était un peu folle, mais puisque les hasards sont des rendez-vous, il osa en proposer un dans sa dédicace. Il rédigea l'autographe suivant, sous le titre de son roman *Numéro deux* : « Vous attend chaque année, à l'endroit habituel. »

On parle souvent de livres capables de changer des vies, et si ça ne tenait qu'à une phrase...

Monique afficha un visage un peu déconcerté à la lecture de la dédicace. C'est vrai qu'elle s'attendait à quelque chose de mieux... de plus personnel... Elle ne saisit pas à quel point ce message était personnel.

L'auteur décela sa déception et expliqua à Monique ce qu'il savait de Maximilien Piquard, son amnésie, ses recherches forcenées, le rendez-vous sans cesse reporté à la boîte à livres de Senlis chaque 3 octobre depuis six ans. Il ne voulait pas être intrusif, mais puisqu'il avait joué un rôle dans cette histoire, c'était une occasion inespérée de brandir l'arc de Cupidon. Il eut la sensation de décocher une de ces flèches qui unissent les cœurs.

Soudain, Mme Molens s'exclama :

— J'ai rendez-vous le 2 octobre, chez la pédicure ! C'est ce lundi ! Et donc le 3, c'est mardi !

13

L'IMPASSE

En arrivant dans l'impasse vers 10 heures du matin, Maximilien fut surpris de ne pas croiser Fifine et son caddie revenant d'avoir nourri ses chats. Elle l'avait si souvent dévisagé en marmonnant quelque chose d'incompréhensible, comme une colère qui n'arrive pas à s'extirper entre deux mâchoires verrouillées pendant que ses chats raflaient les croquettes. Fifine n'était plus là, avait-elle simplement déserté l'impasse, ou le temps l'avait-il avalée définitivement ?

Maximilien aperçut Paul qui venait d'ouvrir sa porte. Le voisin de Marcia partait promener ses chiens. Les bestioles aboyaient leur bonheur du matin au soir et l'excitation des départs en promenade, dans le vestibule en marbre, pendant que Paul enfilait son manteau, les rendait incontinentes. Ils échangèrent quelques mots, s'étonnant ensemble de cette météo particulièrement clémente pour la saison. C'était inquiétant pour la planète, mais c'était bien agréable de se promener en bras de chemise au mois d'octobre.

— Il y a longtemps qu'on ne vous avait pas vu !

« On », c'étaient ses chiens et lui, qui formaient une identité commune, puisque les uns n'allaient jamais sans l'autre.

— Un an ! Je viens une fois par an, répondit Max avec un sourire.

— Ah oui ! Vos fameux rendez-vous avec un fantôme ! Vous êtes persévérant, dites donc !

Paul n'avait jamais rien compris aux mystères de l'amour. Les seuls qui lui soient toujours restés fidèles, c'étaient ses chiens.

— Je vous souhaite bonne chance !

— Bonne balade !

— Merci, on va se dégourdir les pattes.

Il retenait péniblement la double laisse au bout de laquelle s'excitaient les deux yorkshires bien toilettés. Les années passaient et rien ne semblait avoir changé ni la démarche un peu voûtée du vieux monsieur ni l'impatience des deux toutous à la vessie pleine.

Marcia sortit en courant de chez elle quelques minutes plus tard.

— Ah Max ! C'est le grand jour ! On se voit tout à l'heure. Là, je suis à la bourre ! dit-elle le dos tourné en verrouillant sa porte.

Maximilien l'avait appelée la veille, pour la prévenir qu'il viendrait faire le pied de grue devant chez elle, comme tous les ans.

— Tu me mets un message si tu as du nouveau ! À tout à l'heure !

Elle s'élança dans l'impasse comme une funambule, sûre d'elle, perchée sur ses talons hauts, esquivant les pièges tendus par le vide entre chaque pavé. Elle laissa dans son sillage les effluves d'un parfum ambré.

Maximilien fit les cent pas. Cent fois. Mille fois. Il multiplia le nombre de pavés dans la longueur avec le nombre de pavés dans la largeur. C'était le genre de lubie qu'avait Manolo quand il fallait tuer le temps. Il avait passé les six dernières années à courir après tout ce qu'il avait perdu, à ressusciter chaque minute, et voilà qu'il tuait les dernières heures. Il avait ressenti tant de fougue et de désir. Il avait tellement espéré ! Subitement, tout lui parut vain... Le nombre de pavés foulés, le silence dans l'impasse, la boîte à livres vide, les touffes d'herbe qui forçaient la rigueur géométrique de l'allée. Sa vie entière ressemblait à ces touffes d'herbe qui poussent au mauvais endroit. Au cœur de l'une d'entre elles, une fleur, sur une longue tige, s'était trompée de saison. Maximilien avait l'habitude de se prendre les portes, de louper des marches, de glisser sur les surfaces trop lisses, de trébucher contre les aspérités. Pourtant, il se relevait sans cesse, essuyait ses genoux égratignés, frottait les petits cailloux incrustés dans la paume de sa main, et cherchait encore où le menait le chemin.

Mais il était seul dans une impasse. Et la situation lui parut d'autant plus inconfortable qu'il devait rester debout. Son coccyx fêlé lui interdisait le repos du petit banc de pierre. Il avait renoncé à apporter sa bouée gonflable ! Franchement, il ne se voyait pas assis, les fesses coincées dans une bouée comme sur une cuvette de WC, pour attendre son grand amour. Tant pis, il l'attendrait debout, fièrement, comme un chevalier qui a trop longtemps chevauché et a le cul talé !

Maximilien avait envisagé tous les cas de figure. Ce qui lui semblait le plus probable, c'est qu'elle ne viendrait pas. Depuis le temps, elle avait bien autre chose à faire de sa vie que de venir retrouver un presque inconnu, croisé trois fois, il y a une éternité, dans une impasse qui sentait le pipi de chat et qui se trouvait sans doute à des kilomètres de chez elle.

Maximilien nota qu'un de ses lacets était défait. Il ne se baissa pas. Il élabora une sorte de pari tacite avec lui-même : si ce lacet ne le faisait pas trébucher, elle viendrait ! Il s'appliqua à faire de larges pas pour éviter la chute. Il scrutait ses chaussures en marchant lentement dans l'impasse. À chaque demi-tour, il jetait un petit coup de pied pour faire valser le lacet de l'autre côté de la semelle. Il tentait encore le diable, s'appliquant à croire au paradis.

Paul rentra de sa promenade avec ses chiens et ressortit seul avec un cabas. Il revint ensuite, le sac à provisions chargé. Vers midi, la serveuse du bar apporta à Maximilien un plateau avec un sandwich et une boisson en lui souhaitant bonne chance. Marcia lui offrit un café. Elle lui proposa d'entrer le boire chez elle, mais Maximilien préférait rester dans l'impasse. Il ne voulait prendre aucun risque. Elle vint s'asseoir près de lui sur le petit banc de pierre.

— Tu restes debout ?

— Oui, je préfère, dit-il en réprimant une grimace, peut-être parce que le café était trop chaud, trop amer, ou parce que l'idée de poser ses fesses contre la pierre suffisait à éveiller la douleur aiguë dans son derrière.

Ils parlèrent de choses et d'autres, évitant de remarquer que les heures avaient défilé et qu'il ne se passait rien.

— Je dois y aller. On croise les doigts ! J'espère qu'il ne va pas se mettre à pleuvoir !

Marcia quitta l'impasse vers 14 heures au moment où le ciel s'assombrit de gros nuages gris portés par un vent inattendu.

Maximilien reprit le balancement de sa pensée entre « viendra-t-elle ? » ou « pas ? ».

Et si elle venait ? Comment devrait-il se comporter ? Lui serrer la main ? Lui faire la bise ? Qui parlerait le premier ? Quelque chose se mit à lui chatouiller le ventre. Chaque fois qu'il tournait le dos à l'entrée de l'impasse, il imaginait qu'elle allait apparaître. À chaque demi-tour, après la petite valse du lacet, il constatait que non.

Les premières gouttes se mirent à tomber vers 15 heures. Ce n'était vraiment pas de chance ! Maximilien pensa que sa mère avait eu raison de lui dire de se couvrir :

— D'accord, il fait beau, mais c'est octobre tout de même, emporte une veste, on ne sait jamais ! lui avait-elle recommandé, le matin même, au téléphone.

— Écoute ta mère, elle a toujours raison ! avait résonné la voix de Michel, vaincu par cinquante ans d'abdication, depuis son canapé.

Maximilien enfila la veste cirée qu'il avait roulée en boule dans son sac à dos et remonta le col en scrutant le ciel mauvais.

Le petit banc offrait un refuge au sec, car il était situé juste sous une avancée de toit qui l'épargnait du déluge qui se déversait maintenant sur Senlis, assombrie par l'orage. Maximilien ne pouvait se résoudre à s'asseoir. Il décida de monter debout sur le banc, à l'abri sous le petit auvent de tuiles. Une gouttière disjointe déversait un torrent tout près de lui. C'était comme un poste de garde. De ce promontoire, Maximilien voyait au loin, dans la rue perpendiculaire. Quelques parapluies s'étaient mis à éclore ici et là, puis plus personne. Parfois, le ciel presque noir se déchirait de lumière en explosant de fureur. À chaque grondement du tonnerre, Maximilien entendait les aboiements des petits chiens de Paul qui lui parvenaient, affolés, derrière la porte close.

Il fallait bien en convenir. Elle ne viendrait pas.

Le lieu était sans doute mal choisi... Que peut-on attendre d'une impasse ?

14

Expédition

En revenant de chez sa pédicure, Mme Molens s'arrêta chez Monique pour prendre le café. Elle avait une idée derrière la tête. Elle plissait les lèvres et elle émit un petit sifflement, une sorte de bisou à personne. Monique comprit que quelque chose germait dans son cerveau.

— Et si on y allait ?

— Où ça ?

— Au rendez-vous, pardi !

— Demain ?

— Ben oui, demain ! Si c'est qu'une fois par an, on n'a pas trop le choix ! On ne va pas encore le faire poireauter une année de plus ! Diane est au Portugal, elle ne pourra pas s'y rendre elle-même ! On n'a qu'à y aller à sa place !

Mme Molens était très excitée par l'aventure. Monique trouvait l'idée un peu folle, mais au fond d'elle-même quelque chose lui disait que ce Maximilien était peut-être encore important dans la vie de sa nièce et que ça méritait sûrement une action extraordinaire.

Bien sûr, il ne faudrait rien dire à Diane ! Ce n'était pas la peine de l'exposer à une nouvelle déception ! Il fallait rester discrètes et faire le voyage en douce. Mme Molens promit « motus et bouche cousue » !

Le 3 octobre au matin, Mme Molens avait passé la Clio au rouleau et elle réglait le GPS pendant que Monique chargeait un petit sac de voyage dans le coffre.

— C'est parti, mon kiki ! s'exclama Mme Molens en klaxonnant sur le parking devant l'immeuble. Les voisines, habituées des réunions café, étaient au courant de l'expédition et saluaient depuis les balcons du premier et du deuxième étage.

— Vous connaissez la route ? s'inquiéta Monique.

Mme Molens présenta son GPS ventousé au pare-brise en expliquant que, grâce à ce petit bijou de technologie, on irait directement place de la Mairie et on se renseignerait sur place pour trouver cette fichue boîte à livres.

Monique avait la sensation désagréable de faire une bêtise. C'était surtout le fait de mentir à sa nièce qui la tracassait. Elle avait un peu honte de se mêler ainsi de ses affaires, mais il lui semblait que c'était pour la bonne cause et que parfois le destin avait besoin d'un petit coup de pouce. Alors, elle se donna du courage, boucla sa ceinture et se cramponna au fauteuil quand Mme Molens grimpa sur le terre-plein central en faisant demi-tour pour sortir du parking.

Monique n'avait pas fermé l'œil de la nuit. Toute cette histoire avait tourné dans sa tête. Mais maintenant qu'elles avaient fait le grand saut et que finalement Mme Molens ne conduisait pas si mal, la tension nerveuse retomba. Monique avait pris soin d'avaler un comprimé de Mercalm avant le départ. La fatigue et la chimie l'emportèrent en quelques minutes dans les bras de Morphée avant même la sortie de Dijon. Elle ronflait doucement contre l'appuie-tête, bouche ouverte. Entre le bruit du moteur et les recommandations du GPS, Mme Molens, concentrée sur sa trajectoire, ne s'aperçut même pas que Monique avait cessé de bavarder.

— On est arrivées ! s'écria-t-elle.

Monique sortit brutalement d'un rêve étrange qui lui avait fait perdre toute notion de temporalité.

— Déjà ! s'exclama-t-elle.

— Ben oui, ce n'était pas si loin finalement. Voilà la mairie !

Monique était un peu hébétée. Elle jeta un coup d'œil à sa montre. Il ne s'était écoulé qu'une vingtaine de minutes.

— Mais ce n'est pas possible, il s'est trompé votre « gipesse ».

— Ah non ! Ces machines-là ne se trompent jamais !

— Mais où sommes-nous ?

— Ben où vous m'avez dit : voilà la mairie de Genlis ! Je crois que j'étais venue au restaurant par ici dans le temps avec... avec qui vous savez...

Monique s'écria :

— Mais c'est pas à Genlis ! C'est à Senlis qu'on devait aller ! Mais vous êtes sourde comme un pot !

C'est vrai que Monique était un peu sortie de ses gonds, mais pour Mme Molens la coupe était pleine : d'abord la critique de son GPS, maintenant cette remarque sur son audition... c'en était trop ! Elle voulait bien rendre service, mais elle exigeait qu'on lui parle gentiment. Elle était aussi un peu vexée de s'être trompée de destination et que toute cette histoire, qui promettait d'être palpitante, finisse là, dans une dispute avec sa voisine préférée, devant les bacs à fleurs de la mairie de Genlis. Elle ravala sa colère et fit demi-tour en évitant de justesse une magnifique jardinière. Elle boudait et ne dit plus un mot jusqu'à la maison. Les voisines étaient toujours sur les balcons à papoter entre elles et à profiter de la douceur inhabituelle de cette matinée d'octobre parce qu'il fallait bien se rendre à l'évidence :

— Il y a plus de saisons, ma bonne dame !

— Avec tout ce qu'on envoie dans le ciel !

— Faut pas s'étonner !

— Vous avez oublié quelque chose ?

Monique était renfrognée, elle récupéra son sac dans le coffre sans répondre. Mme Molens ne répondit pas non plus parce qu'elle n'avait simplement pas entendu la question lancée dans son dos, depuis le deuxième étage.

15

16 HEURES

À 16 heures, elle était apparue !

De loin, à cause de ses lunettes embrumées, Max avait cru apercevoir Marcia : même démarche déhanchée sur les pavés, même cliquetis de talons sur le sol cabossé et ruisselant, même jupette ajustée, la tête noyée dans un parapluie fuchsia.

Elle était venue se planter juste devant le banc sur lequel Max était perché. Figé dans son étonnement, il n'avait même pas eu la présence d'esprit d'en descendre. Puisque c'était le seul endroit au sec, elle ferma son parapluie, lui tendit la main et monta à côté de lui avec son aide.

Ils étaient maintenant tous les deux debout sur le banc, comme pour une réunion au sommet. Max était sidéré par son assurance.

— Bonjour, moi, c'est Tess ! Tu es Max ?

— Oui.

En voilà une autre que j'ai oubliée, se dit-il.

Alors qu'il tenait encore sa main dans la sienne, elle expliqua :

— Tu ne me connais pas, mais moi, oui ! J'entends parler de toi depuis six ans ! Je suis une amie de Diane. Enchantée !

— Enchanté !

Tess tutoyait tout le monde, c'était son style de vie. Elle osait tout.

— On se demandait vraiment où tu étais passé ! Plus de nouvelles du jour au lendemain ! Diane n'a pas compris...

— Je suis désolé, j'ai...

— Oui, maintenant, je sais ! L'amnésie, les recherches, les bouquins piqués par la clocharde...

Max ne comprenait pas tout. Tess expliqua :

— La tante de Diane a rencontré David Foenkinos lors d'une dédicace, et ils se sont parlé. Elle m'a téléphoné pour me dire ce qu'il venait de lui révéler ! Il se trouve que je suis en contact avec lui pour le boulot. Nous nous sommes vus à ce sujet avant-hier et il m'a parlé de tes confidences. Il m'a dit que tu effectuais des travaux chez lui. Ton récit l'a touché. Du coup, j'ai ton 06. Il m'a dit pour le rendez-vous, tous les 3 octobre ! Je me demandais si c'était vrai... Alors, je ne t'ai pas appelé. Je suis venue.

— Et Diane ?

— Elle n'est pas encore au courant, elle est en tournage au Portugal. Je voulais te rencontrer d'abord et m'assurer que toute cette histoire était vraie. Il y a tellement de détraqués ! Et maintenant qu'elle a une certaine notoriété, on a plutôt intérêt à se méfier. Tu comprends ? Tu ressors du chapeau tout à coup... six ans après !

Max était un peu sonné. Diane se réincarnait peu à peu après cette interminable absence. Il avait lutté pendant six ans pour qu'elle ne se noie pas dans sa mémoire liquide qui avait presque tout avalé le jour de son AVC. Il avait tenu à bout de bras ce maigre souvenir fugace qui voulait encore vivre et respirer. Et voilà qu'elle sortait enfin de cette brume épaisse d'où il n'avait jamais cessé de vouloir l'extirper. Elle n'avait jamais voulu s'effacer, elle avait continué à l'appeler dans la nuit noire, depuis son néant. Il était resté fidèle au poste. Debout sur son petit de banc de pierre comme sur une tour de guet, il l'avait espérée.

— J'ai quelque chose à lui rendre, dit-il à Tess.

— Ah bon, quoi donc ?

— Un baiser.

Max se baissa pour refaire son lacet.

— Allons-y ! dit-il en tendant sa main à Tess pour l'aider à descendre du banc.

16

D'UNE RIVE À L'AUTRE

« Ma petite est comme l'eau, elle est comme l'eau vive / Elle court comme un ruisseau, que des enfants poursuivent / Courez, courez vite si vous le pouvez / Jamais, jamais, vous ne la rattraperez* … »

Monique se surprit à fredonner cette chanson qu'elle avait chantée à Diane durant toute son enfance, en caressant ses cheveux, pour l'endormir, pour la consoler de ses chagrins, pour la convaincre qu'elle irait loin et que son avenir serait radieux. Diane avait couru longtemps sur les chemins, gravi des montagnes, atteint des sommets, elle avait vogué au fil de l'eau. Il en avait fallu du temps, des contretemps, des avancées, des retours… mais sa petite avait enfin trouvé un pont pour rejoindre l'autre rive où l'attendait un peu de son passé, beaucoup de son avenir.

Cette fois, Monique n'avait pas été du voyage. Elle avait déclaré que les voyages, ce n'était plus de son âge ! Elle était restée à Dijon, sur sa rive, une rive sans fleuve

* « L'Eau vive », chanson de Guy Béart, 1958.

où le temps semble suspendu entre les biscuits secs de Mme Molens, le café fumant dans les tasses de porcelaine et les potins des voisines.

Dans quelques instants, elles sonneraient à sa porte et Monique leur montrerait la photo sur l'écran de son téléphone portable.

— Il est beau ce pont !

Monique serait fière comme si elle en était l'architecte !

— Et c'est du solide je vous assure : c'est plus qu'un pont c'est un viaduc ! On y passe à pied, à vélo, en voiture et même en train ! Regardez, il y a plusieurs étages !

Les voisines s'extasieraient.

— On dirait un début de tour Eiffel ! ne manquerait pas de noter Mme Molens qui avait vu du pays au volant de sa Clio verte.

Et puis il suffirait de zoomer entre deux doigts sur l'écran tactile.

— Non ! Là, c'est une mouette ! Attendez, voilà !

Elle tremblerait un peu, c'est sûr, à cause de son arthrose aux doigts. Puis le bonheur des retrouvailles s'afficherait en gros plan : Diane au bras de Max sous un ciel cobalt.

Au même moment, sur leur téléphone, les Michels se réjouiraient devant la mémoire enfin retrouvée de leur fils. Delphine et Marina partageraient la photo sur leurs réseaux. Daphné ne la verrait que le lendemain (le temps de recharger son portable toujours aussi à plat qu'elle) et elle dirait à Pierre (sur le ton du reproche) qu'elle aussi aimerait bien faire un petit voyage de temps en temps pour donner du sens à sa vie !

David Foenkinos, dans son appartement en travaux, cliquerait sur la notification et sous la photo prise par Manolo, il lirait : « Bons baisers de Porto ! » Il était, lui aussi, en quelque sorte, l'artisan de ce pont.

La première à sonner à la porte de Monique serait évidemment Mme Molens puisque la bouderie entre elles n'avait pas duré. Elles étaient voisines depuis quarante ans, il était trop tard pour se fâcher. Monique continuerait à l'appeler Mme Molens, car dans l'immeuble, personne (à part la concierge et son mari) ne savait qu'elle s'appelait Désirée.

Et dans le poste radio de Monique résonnerait peut-être la chanson de Grace : « Feeling Good ».

REMERCIEMENTS

Merci aux anges qui s'escriment à tisser des liens invisibles et inspirent nos vies. Parmi eux, mes chers Marc et Thibaut, et aussi une petite Julie qui fait ses premières armes au ciel…

Merci aux anges, ici-bas, qui font chaque jour de mes rêves une réalité.

À mes amis, mes amours,

À mon frère Aymeric Discours, expert en tout genre,

Aux lecteurs qui font les auteurs,

À Emmanuelle Jeunet-Mancy et Jacqueline Buisson, qui m'accompagnent depuis le début,

À mon éditrice Virginie Fuertes qui me pousse toujours plus loin vers les lendemains,

À mon agent Andréa Field qui veille au grain,

Au vrai David Foenkinos pour sa bienveillance et son amitié.

DANS LA MÊME COLLECTION

Si la vie te donne des citrons, fais-en une tarte meringuée
Charlotte Léman

Quand les hasards sont des rendez-vous
Magali Discours

Les Indécis
Alex Daunel

Pas d'ombres sans lumière
Dorothée Catoune

Je suis venue te dire
Cynthia Kafka

Comment les pingouins ont sauvé Veronica
Hazel Prior

La Vie selon Hope Nicely
Caroline Day

Comme des éclats de toi
Marie Joudinaud

Sur mes épaules, tu bâtiras ton monde
Julien Aime

À la reconquête de l'Ouest
Audrey Françaix

Toutes les histoires commencent par une petite faim
Magali Discours

La Délicieuse Imposture du chant des sirènes
Charlotte Léman

Oona et le sens de la vie
Margarita Montimore

C'est auprès d'elle...
Dorothée Catoune

Contre vents et secrets
Cynthia Kafka

Ellie et Dan
Hazel Prior

Motus et cœurs cousus
Léa Volène

Elle a tes yeux, mon amour
Typhanie Moiny

Les chats ont neuf vies, moi j'en aurai deux
Julien Aime

La vie ne se danse jamais seul
Marie Joudinaud

Retrouvez la plume de Magali dans
Toutes les histoires commencent
par une petite faim
aux éditions Archipoche

Le goût des souvenirs est le plus beau des héritages

Alice et Margaux ont perdu leurs parents lorsqu'elles étaient enfants. Alice, la plus jeune, n'en a presque plus de souvenirs. Sa sœur Margaux est son pilier - la gardienne de la mémoire de la famille.

En proie à une crise professionnelle et sentimentale, Alice vient se réfugier dans le restaurant de Margaux.

Des recettes de cuisine transmises de génération en génération permettent aux deux sœurs d'accéder à leurs origines et de voyager à travers les siècles de l'Italie à l'Irlande, de Bretagne en Provence...

De la bouche à l'imaginaire, par la magie des saveurs, les ancêtres oubliés resurgissent. Ce séjour aidera-t-il Alice à donner un sens à sa vie et à s'imaginer un avenir ?

I

Ce matin, chez Margaux

« Reviens, Blanquette ! Reviens ! »

Les coussins de mousse grise des écouteurs sont devenus rêches, mais la voix de Fernandel me tire toujours les mêmes larmes. J'étais encore si petite quand Margaux m'a offert ce Walkman. Je la revois, assise au bout de la table, heureuse et fière, annonçant son projet : « Je suis prise à l'école hôtelière ! Je serai en internat, mais je reviendrai pour les vacances. »

Elle a sûrement dit autre chose, mais je n'ai entendu que cela. Mon couteau a tinté sur le carrelage de la cuisine, je l'ai lâché sans m'en rendre compte. C'est le cliquetis aigu du métal léger contre la faïence qui m'a sortie de ma sidération, je venais d'être poignardée. Margaux était toute dépitée d'avoir provoqué ce chagrin, alors elle est venue s'agenouiller devant ma chaise pour essayer de me rassurer, mais c'était trop tard, je venais de comprendre. Elle avait beau m'expliquer que c'était dans l'ordre des choses, qu'elle devait étudier, que cette école était une chance, qu'elle allait enfin pouvoir apprendre le métier qu'elle aimait, qu'elle saurait bientôt faire des recettes délicieuses et qu'elle me les cuisinerait à chacun de ses retours, parce qu'elle reviendrait bien sûr, elle ne partait pas longtemps, et que je serais bien tranquille avec papy et mamie, que je pouvais même prendre sa chambre si je voulais.

« Mais si tu t'en vas, tu ne me raconteras plus d'histoires ? » Je hoquetais, la bouche encore pleine de purée, toute tordue sous les larmes et la morve. Je n'avais pas six ans et c'était la deuxième fois que je perdais ce que j'avais de plus cher au monde.

Elle est partie dans sa chambre d'un bond et elle en est sortie triomphante avec son beau Walkman flambant neuf que papy lui avait offert pour son anniversaire. Elle l'adorait. Il était bleu électrique, autoreverse, avec des écouteurs « grand confort », en mousse. Lorsqu'elle le vissait sur ses oreilles, elle se mettait à chanter, faux, à tue-tête, une drôle de langue incompréhensible. Elle écoutait ses idoles, Cyndi Lauper, Madonna, Michael Jackson... Moi, je n'avais qu'un pâle reflet de leur talent : la voix de Margaux *a capella* qui déraillait dans les aigus. Elle ne comprenait visiblement pas les paroles qu'elle articulait bizarrement en mâchant du chewing-gum. Je la regardais se déhancher comme un zombie, tentant un moonwalk improbable, en pantoufles Droopy sur la moquette de sa chambre. Je préférais écouter les grands tourments lyriques diffusés en continu par les énormes enceintes de la chaîne hi-fi, bien calée sur les genoux de papy, la tête enfouie contre son cœur affligé, lui aussi. Nous étions tristes, ensemble.

Plus tard au collège, les copines me disaient que j'avais des goûts de vieux… Comment aurait-il pu en être autrement ? Margaux était partie cuisiner de bons petits plats, emportant avec elle ses rengaines américaines et sa bonne humeur. J'étais restée seule avec mon chagrin, et les airs d'opéra, la fumée de la pipe de papy qui me brûlait la gorge et les yeux, les lèvres humides de mamie qui se posaient sur mon front et qui n'en finissaient plus de soupirer, le canapé à fleurs du salon et l'odeur d'encaustique du buffet de la salle à manger, la pénombre de la bibliothèque où la photo de maman prenait la poussière.

Margaux avait posé son Walkman sur mes genoux.

— Je te le donne, ma bichette, papy t'achètera des cassettes et tu pourras écouter des histoires.

Elle m'a serrée dans ses bras et je crois bien qu'elle pleurait aussi. Le monde entier devait pleurer à cet instant. Ses boucles blondes se collaient à mes joues mouillées et me chatouillaient les lèvres. Je me suis demandé un instant si elle pleurait parce qu'elle réalisait soudain que ce départ était un déchirement et qu'elle brisait une nouvelle fois mon petit cœur d'enfant, déjà bien éprouvé et encore convalescent, ou si c'était si difficile pour elle de renoncer à ce Walkman et à la pop américaine. Je gardais les bras ballants, dévastée et en colère.

C'est papy qui m'a rapporté la cassette des *Lettres de mon moulin* racontées par Fernandel. Il me l'a tendue comme le remède miracle à l'absence de ma sœur, pour remplacer les histoires qu'elle me chuchotait toutes les nuits quand je venais me réfugier dans son lit après un cauchemar. Je me calais contre son grand corps tout chaud, le pouce dans la bouche, l'autre main agrippée à son pyjama en pilou-pilou, celui avec des petits chats. La vie, soudain, me semblait plus douce. Je l'écoutais pendant des heures. Elle arrangeait à sa sauce toutes sortes de contes qui parlaient de princesses endormies, éveillées par des baisers de petits gringalets qui triomphaient de géants ou de monstres, de sirènes qui cachaient des trésors au fond des océans, et de simples cordonniers qui épousaient des filles de rois.

Quand Margaux est partie étudier la cuisine en Suisse, c'est Fernandel qui a pris le relais. Mais il ne sentait pas le parfum *Anaïs Anaïs*, et les effluves commençaient à disparaître sur son traversin. Il fallait attendre la Toussaint, puis Noël, février, Pâques et l'été enfin, pour respirer ma sœur et la serrer dans mes bras à lui rompre les os. Je barrais les jours sur le calendrier de la pharmacie du centre en attendant les vacances scolaires.

Et chaque jour, cette satanée Blanquette, assoiffée de liberté, abandonnait le pauvre M. Seguin !

Je me suis toujours demandé si les autres petites filles pleuraient pour la mort de Blanquette massacrée par le loup, avec sa robe blanche toute tachée de sang, ou si, comme moi, c'était le désespoir de M. Seguin qui leur faisait le plus de mal. Après tout, la petite Blanquette avait désobéi ! Elle l'avait un peu cherché quand même... M. Seguin l'avait pourtant bien prévenue ! Je n'arrivais pas à la plaindre. Moi, j'étais une petite fille sage. À la place de la jolie chevrette blanche, j'aurais été docile, et pour rien au monde je n'aurais osé rompre la corde ou m'enfuir par la fenêtre ouverte dès que M. Seguin avait le dos tourné. J'étais bien à l'abri chez papy et mamie. Ils me dorlotaient. Le loup, je le connaissais déjà en quelque sorte, il rodait dans mes forêts toutes les nuits. Celui qui dévorait les petites chèvres dans la montagne m'avait déjà volé mes parents et d'une autre façon, il avait aussi emporté ma sœur.

M. Seguin, c'était papy, mamie et moi. Nous avions beau supplier en silence dans le vide, tous les trois, les yeux tournés vers des sommets inaccessibles : « Reviens ! » Ceux que nous aimions n'étaient plus là.

J'ai retiré les piles neuves que je venais de glisser à l'intérieur du Walkman et je l'ai rangé à sa place sur l'étagère. La fin tragique de Blanquette épuisée au petit matin, je la connais trop bien ! Je ne suis pas venue ici pour me morfondre, mais parce que j'espère trouver du réconfort et me sentir un peu utile. Je sais qu'auprès de Margaux, la vie est une fête même quand tout va mal. Et je vais mal.

(*à suivre...*)

Cet ouvrage a été composé
Par Atlant'Communication

Impression réalisée par
CPI France
en septembre 2023
pour le compte des Éditions de l'Archipel
département éditorial
de la S.A.S. Écriture-Communication.

Imprimé en France
N° d'impression : 2073975
Dépôt légal : mai 2023